우리가 사랑한 한국소설의 첫 문장

엮은이 **김규회**

거닐면서 궁리하기를 좋아하고 즐긴다. 지적 대화를 넓히기 위한 콘텐츠 발굴에 부지런을 떨고, 색다른 방식으로 재밌고 흥미로운 스토리텔링을 만드는 데 몰두한다. 지은 책으로 《대한민국 정치 따라잡기》, 《상식사전 뒤집기》, 《상식의 반전 101》, 《인생 격언》(공저), 《법칙으로 통하는 세상》 등이 있다.

우리가 사랑한
한국 소설의 **첫 문장**

초판 1쇄 인쇄 2017년 4월 17일
초판 1쇄 발행 2017년 4월 25일

엮은이 김규회

펴낸이 김찬희
펴낸곳 끌리는책

출판등록 신고번호 제25100 -2011-000073호
주소 서울시 구로구 경인로 55 재도빌딩 206호
전화 영업부 (02)335-6936 편집부 (02)2060-5821
팩스 (02)335-0550
이메일 happybookpub@gmail.com
페이스북 www.facebook.com/happybookpub
블로그 blog.naver.com/happybookpub

ISBN 979-11-87059-21-9 03800
값 14,800원

우리가 사랑한 한국 소설의

첫 문장

김규회 엮음

끌리는책

1장 | 모든 인간은 별이다

2장 │ 스무 살은 곧 지나간다

3장 | 늘 코를 흘리고 다녔다

4장 │ 속인은 속인 이야기를 해야 한다

5장 | '박제가 되어버린 천재'를 아시오?

국내 3대 문학상 수상작의 첫 문장

'열려라, 첫 문장!'

'처음', '첫'.

이런 단어를 떠올리면 순간, 막막해진다.

첫 시작에 대한 설렘과 기대, 긴장, 두려움이 버무려져 어떻게 시작해야 할지 선뜻 답이 나오지 않는다. 처음이란 땅에 씨앗을 뿌리는 일과 같다. 좋은 씨앗은 건강한 싹을 틔우고 많은 가지를 뻗어 풍성한 꽃을 피우고 탐스러운 열매를 맺게 한다. 결실을 맺고자 하면 우선 씨앗을 뿌리고 볼 일이다. 첫 시작이 좋다면 좋은 결실을 기대해볼 만하다.

소설에서 첫 문장은 독자와 첫 대면을 하는 첫 장면이다. 첫 문장은 책의 흐름을 좌우하는, 소설에서 가장 주목받는 문장 중 하나다. 장편에서는 도중에 끊어질 수도 있는 독자의 눈길을 끝까지 이어주는 감흥의 끈으로, 단편에서는 눈길을 떼지 않고 단숨에 끝까지 읽게 하는 흥미의 끈이다. 첫 문장이 성공적이라면 글쓰기의 절반은 이뤄진 거나 다름없지 않을까?

명작의 첫 문장은 오래도록 음미하고 싶은 '명문'인 경우가 많다. 작가의 개성과 심오한 문학세계가 첫 문장에 고스란히 담긴다. 작가는 소구력 있는 강렬한 첫 문장을 남기기 위해 각고의 노력을 기울인다. 사실 첫 문장은 처음 쓰는 문장이 아니다. 쓰고 또 쓰고, 생각하고 또 생각해서 쓴 문장이다.

1년여 전 어느 날, 소설을 읽다가 첫 문장에 꽂혀 시선을 뗄 수 없던 적이 있다. 다음 문장으로 바로 이어지지 못하고 순간 멈출 수밖에 없던 첫 문장의 울림이 책을 덮는 순간까지 떠나지 않았다. 이 경험을 계기로 한국인의 사랑을 많이 받는 소설들의 첫 문장은 어떨지, 궁금증과 호기심이 발동했다. 그로부터 서점과 도서관을 오가며 소설의 첫 문장을 사냥하는 긴 여정이 시작됐다. 결국 책의 출간을 보고 나서야 첫 문장의 여정에 마침표를 찍을 수 있었다.

도서관과 서점에서 매력적인 첫 문장의 대어를 낚기 위해 많은 시간을 보냈다. 도서관에선 소설의 첫 문장에 매료되어 책한 권을 다 읽은 날도 많았고, 그저 첫 문장만 찾아보려 들른 서점에선 들춰본 소설책을 아예 사들고 온 날이 적지 않았다.

나름 마음을 살찌운 행복한 시간이었다. 문학에 관해서는 문외한인 내가 많은 시간 동안 소설책만 붙들고 있었던 것도 나의 독서 편력에서 처음 겪는 일이었다. 소설을 보며 학창시절의 '문학소년'으로 돌아간 듯 가슴 설레는 경험도 처음이었다.

나는 문학 전공자가 아니다. 그러기에 문학적 해석은 할 수 없고, 하지도 않았다. 문학적이란 말 자체가 이 책의 기준이 될 수 없는 이유다. 오롯이 독자로서 궁금했던 작품, 궁금했던 작가의 작품들을 채굴했다.

감동적인 첫 문장이 있는가 하면 기발하거나 신선한 첫 문장이 있고, 이야기 배경을 서술하는 첫 문장이 있는가 하면, 주인공을 전면에 내세우는 첫 문장도 있다. 촌철살인 같은 짧은 문장으로 첫 문장을 시작한 소설도 있다. 어떤 작가는 첫 문장을 매번 다른 방식으로 장식했다.

첫 문장에 임하는 작가의 생각이 다양하듯 독자마다 첫 문장을 접하는 느낌과 여운도 다를 것이다. 그래서 이 책은 순서대로 읽을 필요가 없다. 자유롭게 평소 좋아하는 작가를 찾아 읽거나 궁금했던 작품을 찾아 읽으면 된다. 첫 문장의 감흥은 오롯이 독자의 몫이기 때문이다.

이 책은 느낌 있는 첫 문장을 그대로 전달하는 메신저 역할에 충실하고자 했다. 작품의 범주는 현대 문학으로 한정했고, 대중성이 높은 작품들은 첫 문장이 다소 밋밋하더라도 독자층을 고려해 안배했다. 책에 실린 작가 50명의 엄선은 여러 사람의 의견을 참고했다. 혹여 들어가야 할 작가와 작품이 빠져 있다면 이는 엮은이의 부주의와 부족한 식견 탓이다.

모쪼록 소설을 사랑하는 독자들에게 이 책이 다시 한 번 소설의 첫 문장을 음미하는 특별한 시간이 되길 바란다.
'열려라, 첫 문장!'

책 향기가 가득한 도서관에서
김규회

1장
──────

모든 인간은
별이다

버려진

섬마다

꽃이 피었다.

《칼의 노래》

김 훈

버려진 섬마다 꽃이 피었다. 꽃피는 숲에 저녁노을이 비치어, 구름처럼 부풀어오른 섬들은 바다에 결박된 사슬을 풀고 어두워지는 수평선 너머로 흘러가는 듯 싶었다.

작품 《칼의 노래》

2001년 동인문학상 수상작.

이순신이 1인칭 화자로 등장한다. 선조와 이순신의 알력과 갈등을 중심으로 전쟁의 추이와 백성들의 고초, 명나라에 대한 조선의 굴종과 예속 등 당시 상황을 두루 얘기한다. 이순신은 전투가 벌어지지 않는 동안에도 교서만 내려보내는 임금과 싸우고, 호시탐탐 그의 목을 노리는 조정의 대신들과 싸우고, 대군을 이끌고 와서도 세월만 보내고 있는 명나라 장수와 싸운다. 또 군령을 어기는 부하들과 싸우고, 울며 매달리는 가엾은 백성들과도 싸운다. 그러나 시종일관 이순신이 싸우는, 싸워야 하는 궁극적 대상은 바로 자신이다.

김훈(1948~)

서울에서 태어나 고려대 영문과를 중퇴했다. 1973년 한국일보에 입사해, 이후 시사저널 편집국장, 국민일보 출판국장, 한겨레신문 부국장 등을 지냈다. 1994년 첫 장편소설 《빗살무늬토기의 추억》을 〈문학동네〉에 연재하면서 소설가로 등단했다. 이상문학상, 황순원문학상, 대산문학상 등을 수상했다.

다른 작품, 다른 첫 문장

"운명하셨습니다." 당직 수련의가 시트를 끌어당겨 아내의 얼굴을 덮었다. 시트 위로 머리카락 몇 올이 삐져나와 늘어져 있었다. 《화장(火葬)》(2004년 제28회 이상문학상 수상작)

내 이름은 보리, 진돗개 수놈이다. 태어나보니, 나는 개였고 수놈이었다. 어쩔 수 없는 일이었다. 《개》(2005)

서울을 버려야 서울로 돌아올 수 있다는 말은 그럴듯하게 들렸다. 《남한산성》(2007)

자전거를 타고 저어갈 때, 세상의 길들은 몸속으로 흘러들어온다. 《자전거 여행》(2014)

아내가 채식을

시작하기 전까지

나는 그녀가 특별한

사람이라고 생각한 적이

없었다.

《채식주의자》

한 강

아내가 채식을 시작하기 전까지 나는 그녀가 특별한 사람이라고 생각한 적이 없었다. 솔직히 말하자면, 아내를 처음 만났을 때 끌리지도 않았다.

작품 《채식주의자》

《채식주의자》는 2007년 출간된 한강의 세 번째 장편소설. 《채식주의자》, 《몽고반점》, 《나무 불꽃》 등 3편의 중편소설을 하나로 연결한 연작 소설이다.

김영혜는 꿈을 꾼 뒤에 돌연 육식을 완전히 거부하는 채식주의자로 변한다. 영혜의 극단적인 채식은 남편과 단둘이 사는 평범한 생활에 균열을 가져오고, 가족과도 극한의 갈등을 일으킨다.

《채식주의자》에선 남편, 《몽고반점》에선 형부, 《나무 불꽃》에선 친언니가 관찰자이자 화자로 채식주의자 영혜의 모습과 그를 둘러싼 일들을 이야기하고 있다.

한강(1970~)

전남 광주에서 태어나 연세대 국문과를 졸업했다. 소설가 한승원의 딸이다. 1993년 계간 〈문학과사회〉 겨울호에 〈서울의 겨울〉 등 4편의 시가 당선되면서 시인으로 먼저 등단했다. 이듬해 서울신문 신춘문예에 단편소설 《붉은 닻》이 당선돼 소설가로 공식 데뷔했다. 오늘의 젊은예술가상, 한국소설문학상, 이상문학상, 만해문학상, 황순원문학상 등을 받았다. 《채식주의자》로 한국인 첫 '2016 맨부커 인터내셔널상'을 수상했다.

짙은 보라색 커튼이 무대를 덮었다. 반라의 무용수들은 자신들의 모습이 보이지 않게 될 때까지 힘차게 손을 흔들었다.《몽고반점》(2005년 제29회 이상문학상 수상작)

동식은 도로 맞은편의 건물들 사이로 사위어가는 황혼을 보고 있었다. 황혼(黃昏)을 다른 말로 염혼(殮昏)이라고도 부른다고 했다.《붉은 닻》(1993)

비가 올 것 같아. 너는 소리 내어 중얼거린다. 정말 비가 쏟아지면 어떡하지. 너는 눈을 가늘게 뜨고 도청 앞 은행나무들을 지켜본다.《소년이 온다》(2014)

흰 것에 대해 쓰겠다고 결심한 봄에 내가 처음 한 일은 목록을 만든 것이었다.《흰》(2016)

모든

인간은

별이다.

《그 섬에 가고 싶다》

모든 인간은 별이다.

이젠 모두들 까맣게 잊어버리고 있지만, 그래서 아무도 믿으려 하지 않고 누구 하나 기억해내려고조차 하지 않지만, 그래도 그건 여전히 진실이다.

작품《그 섬에 가고 싶다》

1991년 작품. 6·25 전쟁으로 인한 이데올로기의 갈등을 그렸다. 1993년 동명의 영화로도 제작됐다.

문재구는 아버지 문덕배의 유언에 따라 꽃상여를 배에 싣고 친구이자 시인인 김철과 함께 고향 낙월도라는 섬에 도착한다. 섬사람들이 배를 섬에 대지 못하도록 완강히 저지하는 바람에 가까스로 김철 혼자 섬에 들어온다. 1950년 한국전쟁이 일어나던 해에 태어난 김철은 엄마 없이 동네 아낙들의 품에서 자랐다. 어느 날 무장한 인민군들이 마을에 들이닥쳐 반동분자를 색출해냈다. 이는 자신만 살기 위해 이웃을 고발한 문덕배의 짓이었다. 섬사람들은 가족을 눈앞에서 잃고 가슴속에 한을 안고 살았다. 전쟁이 끝나자 문덕배는 섬에서 쫓겨났다. 섬사람들은 결국 문덕배의 상여가 들어오지 못하도록 배에다 불을 질렀고, 김철과 문재구는 불타는 상여를 물끄러미 쳐다만 본다.

임철우(1954~)

전남 완도에서 태어나 전남대 영문과와 서강대·전남대 대학원 영문학과를 졸업했다. 1981년 서울신문 신춘문예에 단편《개도둑》이 당선되면서 등단했다. 분단의 문제와 이데올로기의 폭력성을 탐구하는 한편, 광주민주화운동을 제재로 삼아 풍유

성격이 짙은 작품을 많이 발표했다. 한국창작문학상, 이상문학상, 요산문학상, 대산문학상 등을 수상했다.

다른 작품, 다른 첫 문장

모든 게 그저 그렇군. 오늘도 변한 거라곤 하나도 없이. 건성으로 신문을 뒤적이며 나는 중얼거린다.《붉은 방》
(1988년 제12회 이상문학상 수상작)

쫓겨가는 한 마리 딱정벌레처럼 트럭은 저만치 들판 가운데로 난 황토길을 따라 느릿느릿 기어가고 있었다.《아버지의 땅》(1984)

참으로 많은 날들이 흘러갔다. 서른하고도 두 해. 세월은 숲 속 골짜기를 돌아 흐르는 냇물처럼 무심히 내 곁을 스쳐 지나갔고, 이제 나는 개울가 푸석한 돌멩이로 여기 혼자 잠겨졌다.《등대》(2002)

삶이란 산(神)이

인간에게 내린

절망의

텍스트다.

《나는 소망한다 내게 금지된 것을》

양 귀 자

삶이란 신(神)이 인간에게 내린 절망의 텍스트다. 나는 오늘 이 사실을 깨달았다. 그러나 나는 텍스트 그 자체를 거부하였다.

작품 《나는 소망한다 내게 금지된 것을》

1992년 작품. 영화와 연극으로도 만들어졌다.

대학원에서 심리학을 전공하고 여성문제 상담소에서 일하는 27살의 강민주. 어린 시절 아버지가 어머니를 상습적으로 폭행하고 결국 모녀를 버린 깊은 상처를 갖고 있다. 상담소에서 일하면서 폭력에 시달리는 수많은 여성들의 피해를 알게 된다. 강민주는 여성들의 우상이자 이 시대 최고의 영화배우 백승하를 납치할 계획을 세운다. 백승하의 죄목은 매력적인 외모로 여성들이 현실을 직시하지 못하도록 환상에 빠져들게 한 것. 강민주는 백승하를 감금한 채 사육한다. 그러나 점차 조여드는 수사망에 강민주의 남성 복수극은 끝내 벽에 부딪친다.

양귀자(1955~)

전북 전주에서 태어나 원광대 국문과를 졸업했다. 1978년 《다시 시작하는 아침》이 〈문학사상〉 신인상을 수상하면서 등단했다. 1986~1987년까지 쓴 단편을 모은 대표작 연작소설집 《원미동 사람들》로 높은 인기를 누렸다. 유주현문학상, 이상문학상, 현대문학상, 21세기문학상 등을 수상했다.

다른 작품, 다른 첫 문장

그는 귀신사(歸神寺)에 있었다. 나는 그를 귀신사에서 만났다. 15년 만이었다. 《숨은 꽃》(1992년 제16회 이상문학상 수상작)

대문들은 틈 하나 없이 잘 닫혀져 있고, 길다란 붉은 담장은 실금 한 줄 없이 튼튼한데, 거기에 투명하게 맑은 봄볕조차 푸져서 눈에 보이는 것마다 기분 좋은 홍조를 내비치고 있는 듯이 여겨진다. 하지만 그 어여쁨을 누리는 이는 없다. 《곰 이야기》(1996년 제41회 현대문학상 수상작)

용정고개에서 나는 갈 곳을 모르는 고아처럼 잠시 멍해 있었다. 《다시 시작하는 아침》(1978)

들어올 때 그랬던 것처럼, 폭이 좁은 문을 빠져 나오는 사이 장롱의 옆구리가 또 동전만큼 뜯겨나가고 말았다. 《원미동 사람들》 중 '멀고 아름다운 동네'(1986)

바다는

숨쉬고

있었다.

《광장》

최 인 훈

바다는 숨쉬고 있었다. 크레파스보다 진한 푸르고 육
중한 비늘을 무겁게 뒤채면서.

작품 《광장》

1960년 〈새벽〉 10월호에 발표된 작품.

철학과 학생인 이명준 아버지는 북으로 넘어가 북한에서 정치적 요직에 앉은 인물이다. 이명준은 친척 집에 거주하며 젊은이다운 이상과 꿈을 지니며 살아간다. 그러나 아버지가 북한에서 활동하는 공산주의자로 밝혀지면서 경찰의 취조를 받게된다. 남한의 밀실에 환멸을 느낀 이명준은 북한을 광장과도 같은 트인 공간으로 여겨 월북한다. 그러나 그가 바라본 북한사회는 사회주의 제도의 공허한 구호만 있을 뿐 남한에 있을때 기대했던 인간적 소통과 정의로운 삶은 없었다. 진정한 삶의 광장이 없었던 것이다. 그나마 은혜라는 여인과의 사랑에서위안을 받았다. 한국전쟁이 일어나자 이명준은 전쟁의 소용돌이 속에 뛰어든다. 하지만 그가 전쟁에서 목격한 것은 의미 없는 학살과 죽음, 개인을 짓누르는 폭력과 명령뿐이었다. 포로가 된 그는 포로 송환 과정에서 남쪽과 북쪽이라는 선택의 갈림길 앞에 서게 된다. 그는 양국 협상자들의 회유와 협박에도끝까지 중립국을 외친다. 결국 제3국을 선택하고 배에서 투신자살한다.

최인훈(1936~)

함북 횡령에서 태어나 원산고 재학 중인 1950년 한국전쟁 때

가족과 함께 월남했다. 목포고를 거쳐 서울대 법대를 중퇴했다. 1959년 〈자유문학〉지에 안수길의 추천으로 《그레이 구락부 전말기》, 《라울전》이 실리면서 등단했다. 다음 해 중편 《광장》을 발표하면서 작가적 명성을 굳혔다. 동인문학상 등을 수상했다.

다른 작품, 다른 첫 문장

정한 시간까지는 아직 사이가 있었지만 그녀는 곧바로 걸음을 옮겨 골목으로 꺾어지는 모퉁이를 돌았다. 《웃음소리》(1967년 제11회 동인문학상 수상작)

관(棺) 속에 누워 있다. 미이라. 관 속은 태(胎)집보다 어둡다. 그리고 춥다. 《구운몽》(1962)

1958년 어느 비가 내리는 가을 저녁에 독고준의 하숙집으로 그의 친구인 김학이 진로 소주 한 병과 말린 오징어 두 마리를 사들고 찾아들었다. 《회색인(灰色人)》(1963)

전화벨은

어둠 속에서

혼자 울리고 있었다.

《무소의 뿔처럼 혼자서 가라》

공 지 영

전화벨은 어둠 속에서 혼자 울리고 있었다. 내일 아침에 먹을 식빵까지 사들고 오느라 짐이 많았던 혜완은 전화벨 소리를 듣고 허둥지둥 열쇠를 밀어 넣었지만 자물쇠는 쉽게 따지지 않았다.

작품《무소의 뿔처럼 혼자서 가라》

1993년 간행된 장편소설. 제목은 불교 초기 경전 '숫타니파타
(Suttanipata)'에서 따왔다.

혜완, 경혜, 영선은 대학 동기이자 친한 친구들이다. 셋은 같은
대학의 한 선배를 사랑하다가 헤어졌다. 졸업 후 그들은 서로
다른 길을 선택해서 살아간다. 어느 날 영선이가 자살을 시도
했다는 전화가 걸려왔다. 경혜와 혜완은 영선의 남편 박 감독
을 의심하지만 박 감독은 영선이 우울증 환자이자 알코올 중
독자라고 말한다. 얼마 후 혜완은 영선이가 자살했다는 소식
을 듣는다. 혜완은 영선의 장례식에서 마당으로 나왔다가 법
당에 써 있는 '무소의 뿔처럼 혼자서 가라'는 글귀를 보며 울
음을 터뜨린다.

공지영(1963~)

서울에서 태어나 연세대 영문과를 졸업했다. 1988년 계간 〈창
작과비평〉 가을호에 단편소설《동트는 새벽》을 발표하며 등단
했다. 한국소설문학상, 21세기문학상, 가톨릭문학상, 오영수문
학상, 이상문학상 등을 수상했다.

나는 어두운 거실에 앉아 있었다. 종일 종달새처럼 지저귀던 아이를 재우고, 챙겨둔 트렁크를 점검했다. 《맨발로 글목을 돌다》(2011년 제35회 이상문학상 수상작)

데스크가 변덕을 부린 것이 이해가 갈 만큼 이민자는 확실히 매력적인 여자였다. 《인간에 대한 예의》(1993)

전화를 끊고 나서도 한참 동안 나는 창가의 탁자를 떠나지 못하고 그 자리에 앉아 있었다. 《봉순이 언니》(1998)

오후가 돼서 시작된 가는 눈발이 비로 변해가고 있었다. 《우리들의 행복한 시간》(2005)

강인호가 자신의 승용차에 간단한 이삿짐을 싣고 서울을 출발할 무렵 무진시(霧津市)에는 해무(海霧)가 밀려들기 시작했다. 《도가니》(2009)

누구나 살면서 잊지 못하는 시간들이 있다. 고통스러워서 아름다워서 혹은 선연한 상처 자국이 아직도 시큰거려서. 《높고 푸른 사다리》(2013)

내가 왜 일찍부터

삶의 이면을

보기 시작했는가 .

《새의 선물》

은 희 경

내가 왜 일찍부터 삶의 이면을 보기 시작했는가. 그것
은 내 삶이 시작부터 그다지 호의적이지 않다는 것을 알
았기 때문이다.

작품《새의 선물》

1995년 출간된 제1회 〈문학동네〉 소설상 수상작. 주인공이 자신의 초등학교 5학년 무렵 어린 시절을 회상하는 방식으로 구성된 액자소설이다.

'나(진희)'를 중심으로 외할머니, 삼촌, 이모, 허석, 이형렬 등이 등장한다. 남도 지방의 어느 소읍, 우물을 중심으로 두 채의 살림집과 가게채로 이뤄진 '감나무 집'. 1969년 12살을 맞이한 '나'는 부모 없이 외할머니 댁에서 삼촌, 이모와 함께 산다. 서울대 법대생 삼촌은 휴교령이 내려지자, 허석이라는 친구와 함께 내려온다. '나'는 허석에게 반하지만 허석은 이모에게 관심이 있다. 이모의 연인 이형렬은 경자 이모와 바람이 난다. 허석은 다시 내려오게 되고, 실연당한 이모와 다정한 사이가 된다. 그러나 경자 이모는 유지공장의 화재로 죽는다. 그해 겨울, '나'는 아버지의 존재를 모르고 살았는데, 아버지를 만나게 된다.

은희경(1959~)

전북 고창에서 태어나 숙명여대 국문과와 연세대 대학원 국문과를 졸업했다. 1995년 중편소설《이중주》가 동아일보 신춘문예에 당선되면서 문단에 데뷔했다. 문학동네소설상, 동서문학상, 이상문학상, 한국소설문학상, 한국일보문학상, 이산문학상, 동인문학상, 황순원문학상 등을 수상했다.

마지막으로 아내의 방에 들어가 본다. 푸른빛이 감도는 벽지, 벽을 향해 놓여진 독일식 책상과 창가의 안락의자, 그 사이로 알 수 없는 희미한 향기가 떠다닌다.《아내의 상자》
(1998년 제22회 이상문학상 수상작)

보띠첼리의 '비너스의 탄생'을 처음 본 날을 잊을 수가 없다. 때늦은 봄눈이 펄펄 내리는 날이었다.《아름다움이 나를 멸시한다》(2007년 제38회 동인문학상 수상작)

등 뒤에서 남에게 말을 걸 때 우리는 이름을 사용한다. 이름은 그래서 필요하다.《타인에게 말 걸기》(1996)

셋은 좋은 숫자이다. 오직 하나뿐이라는 것? 이 어리석은 은유는 설명할 필요조차 없다.《마지막 춤은 나와 함께》
(1998)

아주 오래전 어느 봄날 류의 아버지는 세상에서 가장 아름다운 여인을 보았다.《태연한 인생》(2012)

이 글은

사실도 픽션도 아닌

그 중간쯤의

글이 될 것 같은

예감이다.

《외딴방》

신 경 숙

이 글은 사실도 픽션도 아닌 그 중간쯤의 글이 될 것 같은 예감이다. 하지만 그걸 문학이라고 할 수 있을 것인지. 글쓰기를 생각해본다.

작품 《외딴방》

계간지 〈문학동네〉에 1994년 겨울부터 총 4회에 걸쳐 연재된
후 1995년 출간된 장편소설. 문학 소녀의 꿈을 키우던 작가가
자신의 체험을 토대로 쓴 자전소설이다. 프랑스의 비평가와 문
학기자들이 선정하는 '리나페르쉬상'을 수상했다.

소설가 '나'는 산업체 특별 학급의 동급생이었던 친구(하계숙)에
게 걸려온 전화를 계기로 지난 시절의 이야기를 쓰기로 결심
한다. 1978년, 16살의 '나'는 외사촌 언니와 함께 고향을 떠나
서울로 왔다. 직업 훈련원을 다닌 후 주경야독하는 큰 오빠와
함께 가리봉동의 '외딴 방'에 기거하며 구로공단에 있는 동남
전기주식회사에서 일했다. 이 시절 '나'는 열악한 노동현장에서
고된 노동, 가난, 고독과 절망에 시달렸고, 완연한 피로와 짜증
이 '나'의 일상을 지배했다. 그러나 '나'는 공부에 대한 열정을
결코 버리지 않았다. 1979년부터 공장 일을 마친 뒤에는 산업
체 특별학교인 영등포여고로 달려갔다. 문학적 열망을 위해서
라도 '나'는 배움을 포기할 수 없었다. 1979년 봄, '나'는 희재
언니를 처음 만났다. '나'는 희재 언니와 자연스럽게 가까워지
고 친해지지만, 희재 언니는 "사는 게 왜 이렇게 힘든 거니?"라
는 말을 남기고 자살한다. 희재 언니의 죽음은 '나'를 외딴 방
에서 탈출시키듯 도망가게 한다.

신경숙(1963~)

전북 정읍에서 태어나 서울예대 문예창작과를 졸업했다. 〈문예
중앙〉 신인문학상에 중편《겨울 우화》가 당선되면서 작품활동
을 시작했다. 2012년 소설《엄마를 부탁해》로 한국문학 최초
로 '맨 아시아 문학상'을 받았다. 한국일보문학상, 오늘의 젊은
예술가상, 현대문학상, 만해문학상, 동인문학상, 21세기문학상,
이상문학상, 오영수문학상, 호암상 등을 수상했다.

다른 작품, 다른 첫 문장

제주공항에 내렸을 때 어떤 처녀가 나를 쳐다봤다. 내 시
선과 정면으로 부딪치자, 처녀는 고개를 갸웃하며 아무
래도 잘못 봤지, 싶은지 화물이 나오는 곳으로 걸어갔다.
《깊은 숨을 쉴 때마다》(1995년 제40회 현대문학상 수상작)

언제부턴가 침대 옆 사이드 테이블 위에 놓인 전화벨이
계속 울리고 있다. 꿈을 꾸었지. 물 속 바닥이 안 보이도
록 연어, 은어, 송어 떼가 밀양천, 마읍천, 왕피천을 헤매
다니는 꿈.《그는 언제 오는가》(1997년 제28회 동인문학상 수상작)

남자는 허리까지 내려오는 검은 가죽점퍼 안에 회색 폴라

티를 받쳐 입고 점퍼 바깥까지 폴라티와 같은 색상의 순모 머플러를 둘렀다. 이발을 한 것일까.《부석사》(2001년 제25회 이상문학상 수상작)

어느 동물원에서 있었던 일이다. 한 마리의 수컷 공작새가 아주 어려서부터 코끼리거북과 철망 담을 사이에 두고 살고 있었다.《풍금이 있던 자리》(1993)

그 여자 이야기를 쓰려 한다. 이름을 은서(恩瑞)라 짓는다. 사랑이 불가능하다면 살아서 무엇 하나.《깊은 슬픔》(프롤로그)(1994)

당신은 돌아온 새 같다. 이젠 어디에나 깃들일 수 있는 새 같다.《종소리》(2003)

나는 지금 비가 멈추기를 기다리고 있습니다. 가을비는 병원 뜰의 메말라가는 누런 잔디를 싸악, 훑어내리고 있습니다.《감자 먹는 사람들》(2005)

항구까지는 꼬박 사흘이 걸렸다. 구불구불한 산길을 지

나고 흙먼지가 이는 신작로를 지나고 몇 척의 목선이 떠 있는 강이 내려다보이는 자갈길을 지났다. 《리진》(2007)

엄마를 잃어버린 지 일주일째다. 오빠 집에 모여 있던 너의 가족들은 궁리 끝에 전단지를 만들어 엄마를 잃어버린 장소 근처에 돌리기로 했다. 《엄마를 부탁해》(2008)

어디다 뒀던가? 네 칸짜리 여닫이 서랍을 온통 다 뒤져도 장갑은 보이지 않는다. 《겨울 우화》(2012)

그 마을은 저 남쪽에 있다. 거기에 이제 싸울 일 없는 사람들만 모여 살았다. 《달에게 들려주고 싶은 이야기》(2013)

아무도 예상하지 못했고,

하지만 사실상 크게

놀랄 일도 아니며……

《북쪽 거실》

배 수 아

아무도 예상하지 못했고, 하지만 사실상 크게 놀랄 일
도 아니며, 따라서 소란도 없었고, 그럼에도 불구하고 정
작 자신에게 실제로 닥치면 충분히 당황할 수밖에 없는
종류의 일-첫 번째 탄원서가 받아들여지지 않았다.

작품 《북쪽 거실》

2009년 출간 작품. 계간 〈문학과 사회〉에 2008년 가을부터 2009년 여름까지 총 4회에 걸쳐 연재한 장편소설이다.

오디오북 성우인 수니는 수용소에서 8년 만에 출소해 옛 애인 희태와 재회한다. 수용소는 자발적 수감자들의 공동체다. 수니는 30대 중반에 희태를 만나 동거를 시작했고, 2년여의 동거 후 모든 일을 정리하고 수용소로 들어왔다. 기자였던 희태는 신문사를 그만두고 외국으로 떠났다가 방황 끝에 서울로 돌아오고, 8년 후 수니가 석방되면서 둘은 재회한 것이다. 연극을 전공한 극작가 지망생 린, 수니를 만나기 위해 무작정 상경한 실버타운 도우미 순이, 그리고 정체불명의 남자, 여인 등이 등장한다. 이들의 이야기와 환상이 뒤섞여 진행된다.

배수아(1965~)

서울에서 태어나 이화여대 화학과를 졸업했다. 공무원이었으나 1993년 계간 〈소설과 사상〉 겨울호에 《천구백팔십팔년의 어두운 방》을 발표하며 등단했다. 1996년 《푸른 사과가 있는 국도》, 2007년 《은둔하는 북(北)의 사람》, 2008년 《징계위원회》가 각각 드라마로 만들어졌다. 《에세이스트의 책상》과 《서울의 낮은 언덕들》이 미국에서 번역 출판됐다. 한국일보문학상, 동서문학상 등을 수상했다.

새벽 3시, 미치광이거나 불면증 환자가 아니라면 모두가 다 잠들어 있을 시간이다. 피리는 차를 타고 천천히 도시의 한가운데를 가로질러 간다.《심야통신》(1998)

그들이 처음 만난 것은 1899년에 태어난 어느 사람의 장례식 날이었다.《그 사람의 첫사랑》(1999)

어느 커플에게나 갈등이 있을 것이다. 나와 남편의 경우, 그것이 처음 다가온 것은 결혼하기 전 남편이 한국 지역 학회 모임에 참석하고 돌아온 밤의 일이었다.《차가운 별의 언덕》(1999)

"미안해요. 난 불감증이에요." 나는 라면을 끓이고 있었다. 흰 된장을 연하게 탄 라면이었다.《붉은 손 클럽》(2000)

최근 가족에게 두 가지 사건이 있었다. 굳이 분류하자면 나쁜 일과 좋은 일이다.《나는 이제 니가 지겨워》(2000)

우리는 이바나와 함께 있었다. 나는 K와 함께 있었고 K

는 잠과 함께 있었다. K는 잠을 원했고 나는 침묵을 원했다. 《이바나》(2002)

나는 동물원에 간다. 누군가 나에 대해서 묻는다면, 나는 단지 이 하나의 문장에 지나지 않는다는 것을 증명해 보일 수 있어. 《동물원 킨트》(2002)

더 많은 음악, 하고 목소리는 말했다. 그 목소리는 비와 구름으로 무겁게 덮인 하늘 아래 온 세상을 지배했다. 《에세이스트의 책상》(2003)

그날, 스키야키를 먹으러 가자고 했다. 마(馬)의 아내는 입술을 깨물고 서 있다가 흑 하고 훌쩍이기 시작했다. 《일요일 스키야키 식당》(2003)

'나는 내가 믿는 것을 말한다. 나는 나이 많은 여자다. 믿지도 않는 것을 말할 시간이 내게는 더 이상 없다.' 《당나귀들》(2005)

아무런 특별한 이유도 없이, 과거의 어느 사소한 순간이

생각날 때가 있다.《회색시(時)》(2005)

'어느 하루가 다른 하루들과 다르다면, 그 이유는 무엇일까. 혹은 수많은 하루들과 조금도 다르지 않다면, 그것은 또 왜일까.'《어느 하루가 다르다면, 그것은 왜일까》(2007)

2008년 12월 2일, 빌레펠트 : 오늘은 특별히 전할 만한 소식이 있는 건 아닙니다.《올빼미의 없음》(2009)

전직 여배우 아야미는 손에 방명록을 든 채 오디오 공연장의 두 번째 계단에 앉아 있었다. 그녀는 혼자였다. 이외의 내용은 아직 아무에게도 알려지지 않았다.《알려지지 않은 밤과 하루》(2013)

2장

스무 살은 곧 지나간다

'모자를 벗을 기회가 오면

벗어야 하기 때문에

모자를 쓴다.'

《깡통따개가 없는 마을》

구 효 서

'모자를 벗을 기회가 오면 벗어야 하기 때문에 모자를
쓴다.' 토마스 만을 읽다가 밑줄을 친다.

작품《깡통따개가 없는 마을》

한국일보 문학상 수상작으로, 1993년 〈작가세계〉 가을호에 실렸던 소설. 창작집《깡통따개가 없는 마을》에는 이외에도《카프카를 읽는 밤》,《카사블랑카여 다시 한 번》 등 11편의 단편이 실려 있다.

'나'는 소득이 일정하지 않은 전업 작가다. '나'는 아내에게 잘 팔리는 소설을 구상해보겠다며 작은 암자에 머문다. 어느 날부터인가 방에 꽃을 꽂아두기 위한 깡통을 모은다. 그러다가 깡통따개가 필요해진다. 힘들게 깡통따개를 구해서 돌아왔는데 한 사내가 호미로 솜씨 좋게 깡통 뚜껑을 모두 따는 것을 보게 된다. 그 사내는 암자에서의 탈출을 시도하지만 주지의 방해로 번번이 실패한다. 그후 '나'는 집으로 돌아오라는 아내의 말에 버스를 타지만 길을 잃는다.

구효서(1957~)

인천 강화에서 태어나 목원대 국어교육과를 졸업했다. 1987년 중앙일보 신춘문예에 단편소설《마디》가 당선되면서 등단했다. 장편소설《낯선 여름》(1995)은 이듬해 영화 〈돼지가 우물에 빠진 날〉(감독 홍상수)로 만들어지기도 했다. 이상문학상, 동인문학상, 한국일보문학상, 이효석문학상, 황순원문학상, 한무숙문학상, 허균문학작가상, 대산문학상 등을 수상했다.

라즈니쉬를 만날 수 있을까. 그는 혼자 중얼거렸다. 잠깐만이라도 볼 수 있다면.《별명의 달인》(2014년 제45회 동인문학상 수상작)

성불사 깊은 밤에 그윽한 풍경소리. 라고 적으니 어딘지 머쓱.《풍경소리》(2017년 제41회 이상문학상 수상작)

이제 그 여름을 이야기할 수 있을까. 할 수 있을 것이다. 아니 난 그 여름을 이야기해야 한다.《늪을 건너는 법》(1991)

불길함. 말이 되는지 모르지만, 세 글자로 이루어진 이 말은 그야말로 불길하기 짝이 없다.《낯선 여름》(1995)

내가 태어나고 자란 집. 그곳에 언제라도 갈 수 있다면 그걸 행운이라고 할 수 있을까.《시계가 걸렸던 자리》(2004)

이른 봄에

나는 부모가 사는

공주(公洲)에

찾아가 있었다.

《은어낚시통신》

윤 대 녕

이른 봄에 나는 부모가 사는 공주(公洲)에 찾아가 있었
다. 공주 집에는 방이 네 개가 있었고 서른 살 된 여동생
이 하나를 차지하고 있었다.

작품《은어낚시통신》중 '은어(銀魚)'

《은어낚시통신》은 1994년 〈문학동네〉에서 간행된 윤대녕의 첫 작품집으로 단편《은어》는 이 작품집에 수록돼 있다.

주인공은 '은어낚시모임'의 통신을 받고, 그 모임에 나간다. 이 통신은 주인공을 조금씩 과거의 시간, 기억의 시간 속으로 이 끌어간다. 현대적 삶의 황막함과 소소함에 갇혀 있던 고독한 주인공은 생의 본질적 의미를 찾기 위해, 은어의 귀소본능과 같은 절실함을 가지고 '존재의 시원'으로 거슬러 올라간다.

윤대녕(1962~)

충남 예산에서 태어나 단국대 불문과를 졸업했다. 1988년 대전 일보 신춘문예에 《원(圓)》이 당선됐으며, 1990년 단편《어머니의 숲》으로 〈문학사상〉 신인상을 받으면서 등단했다. 이후《사막에서》,《그를 만나는 깊은 봄날 저녁》,《눈과 화살》,《말발굽 소리를 듣는다》를 펴냈다. 1994년 첫 창작집《은어낚시통신》을 출간한 후 전업 작가가 됐다. 오늘의 젊은예술가상, 이상문학상, 현대문학상, 이효석문학상, 김유정문학상, 김준성문학상 등을 수상했다.

다른 작품, 다른 첫 문장

여기까지 어떻게 왔나구요? 믿을 수 없겠지만 걸어서 왔습니다.《천지간(天地間)》(1996년 제20회 이상문학상 수상작)

내가 열한 살 때이니까 1972년에 지어진 집이다. 집의 나이도 그새 만 스물다섯 살이 된 셈이다.《빛의 걸음걸이》
(1998년 제43회 현대문학상 수상작)

1993년 겨울의 일이다. 12월로 막 접어드는 어느 날 아침, 나는 신문에서 우연히 되새떼에 관한 기사를 보게 되었다.《옛날 영화를 보러 갔다》(1995)

뱀에 물린 것은 시월 초순이었다. 저녁 여섯시경이었다.《남쪽 계단을 보라》(1995)

그는 거실의 하늘색 가죽 소파에 웅크리고 앉아 텔레비전 저녁 뉴스를 보고 있었다.《눈의 여행자》(2003)

바다를 이해하기 위해서는 많은 시간과 그에 따른 노력이 필요하다. 바다는 끊임없이 변화를 되풀이하기 때문이다.《호랑이는 왜 바다로 갔나》(2010)

어떤 사람들은

열세 살이 되기 전에

이미 앞으로

자신이 알아야 할

어른들 세계의

모든 것을 알았다고

말한다

《19세》

이 순 원

　어떤 사람들은 열세 살이 되기 전에 이미 앞으로 자신
이 알아야 할 어른들 세계의 모든 것을 알았다고 말한다.
그 나이로 성장이 멈추었다고 말하기도 하고, 삶에 대해
이제 더 알 것이 없어졌다고 말하기도 한다.

작품 《19세》

1999년 작품.

'나(이정수)'는 강원도 두메산골 가난한 농가의 둘째 아들이다. '나'는 사춘기를 겪게 되자, 스스로 농사를 짓는 것이 어른이 되는 길이라고 생각했다. 고등학교를 중퇴하고 농사를 지었는데, 큰 풍년으로 목돈을 쥐게 된다. 머리를 기르고, 일제 오토바이를 타고 다니고, 술집을 들락거리며 '어른 연습'을 한다. 어느 날, 대관령 정상에 '그림 같은 빨간 지붕 집'을 짓겠다는 것과 친구 누이에 대한 짝사랑 등 소중했던 꿈을 떠올리며 아직 어른이 되지 않았음을 깨닫는다.

이순원(1958~)

강원 강릉에서 태어나 강원대 경영학과를 졸업했다. 1988년 〈문학사상〉에 《낮달》을 발표하며 등단했다. 동인문학상, 현대문학상 등을 수상했다.

다른 작품, 다른 첫 문장

"가만있어라, 이게 어디로 갔는지 모르겠네." 아버지는 뭔가 이해할 수 없다는 얼굴로 밑에 깐 낡은 군용 담요의 한쪽 귀를 걷어 아래를 살폈다. 《수색, 어머니 가슴속으로 흐르는 무늬》(1996년 제27회 동인문학상 수상작)

왜 하필이면 길을 바꾸어 떠난 곳이 지도에도 나오지 않는 은비령이었을까.《은비령》(1997년 제42회 현대문학상 수상작)

타자기에 꽂힌 흰 종이에 '오월은 아직도 계속되고 있다'가 찍히는 것을 끝으로 테이프는 끝이 났다.《얼굴》(1990)

그날 그녀가 압구정동으로 온 것은 전철을 타고서였다. 신대방에서 교대까지 여덟 역은 2호선을 탔고, 교대에서 압구정까지 네 역은 3호선을 탔다.《지금 압구정동엔 비상구가 없다》(1992)

꼭 이렇게 가지 않으면 안 되는 것일까. 그리고 그런 주저는 또 이 길 떠남에 대한 내 마음의 어떤 절차인 것일까. 《그대 정동진에 가면》(1999)

그건 틀림없는 그 아이였다. 이 뿔 속의 기억이 틀리지 않다면, 그것은 우리가 저 아래 땅 위에서 살던 때의 일이었다.《워낭》(2010)

언제부터인가

아무것도 하지 않는

친구 제이는

짙은 안개로 포장된

역전의 광장에

서 있다.

《내게 거짓말을 해봐》

장 정 일

언제부터인가 아무것도 하지 않는 친구 제이는 짙은 안개로 포장된 역전의 광장에 서 있다. 아무 것도 하지 않는 친구 제이.

작품 《내게 거짓말을 해봐》

1996년 출간. 음란성 시비로 책이 출간되자마자 출판사가 자진 회수에 나섰고, 작가가 구속되기도 했다. 작품은 동명의 영화와 연극으로도 만들어졌다.

38살의 유부남 조각가 제이는 여고 3년생 와이와 폰섹스를 나누다가 여관에서 만나 변태적 성행위를 벌인다.

장정일(1962~)

경북 달성에서 태어났다. 종교적인 이유로 고교 진학을 하지 않았다. 1984년 무크지 〈언어의 세계〉에 〈강정간다〉 외 4편의 시를 발표하면서 등단했다. 1987년 동아일보 신춘문예에 희곡 〈실내극〉이 당선됐고, 1988년 〈세계의 문학〉 봄호에 단편 《펠리컨》을 발표하면서 소설을 쓰기 시작했다. 김수영문학상 등을 수상했다.

다른 작품, 다른 첫 문장

내 나이 열아홉 살, 그때 내가 가장 가지고 싶었던 것은 타자기와 뭉크화집과 카세트 라디오에 연결하여 레코드를 들을 수 있게 하는 턴테이블이었다. 《아담이 눈뜰 때》(1990)

나는 매일 밤 꿈을 꾼다. 나뿐만 아니라 많은 다른 사람들도 잠 속에서 꿈을 꾼다.《너에게 나를 보낸다》(1992)

아내가 아침에 빌려온 비디오 테이프는 모두 다섯 개였다. 홍콩 영화가 두 개, 미국 영화와 한국 영화가 각기 하나씩 그리고…《너희가 재즈를 믿느냐?》(1994)

양계장의 닭들은 멍할 거야. 좆 같다고 느낄 거야. 너무 바보 같이 살아서 자기가 알인지 닭인지도 모를 거야.《보트하우스》(1999)

날아올라,

가마아득한

허공에

몸을 부렸다.

《논개》

김 별 아

날아올라,

가마아득한 허공에 몸을 부렸다. 삶은 부평같이 가벼웠
으나 죽음은 만년지택의 터를 다지는 쇠달구만큼이나 무
거웠다.

작품 《논개》

2007년 작품으로 총 2권. 역사 속에서 잘 알려지지 않은 논개에 대해 재조명했다. 임진왜란이 일어나기 바로 직전과 종반까지의 시간을 배경으로 하고 있다.

몰락한 양반가 출신인 논개는 아버지를 일찍 여의고 어머니 손에 자란다. 모녀는 숙부 주달무에게 몸을 의탁하지만, 주달무는 풍천마을 세도가인 김풍헌에게 논개를 팔아넘긴다. 야반도주를 하다가 잡힌 모녀는 관아에서 재판을 받는다. 하지만 현감 최경회의 공정한 판결로 무죄 방면되고, 최경회에 의탁해 사노비를 자청한다. 오랜 병을 앓던 최경회 부인 김씨의 주선으로 논개는 17살이 되던 해 최경회와 부부가 된다. 최경회는 모친상으로 관직을 사임하고 고향 화순으로 가고, 논개는 고향 장수에서 그를 기다린다. 최경회의 삼년거상 중에 임진왜란이 일어난다. 최경회는 첫 전투에서 대승을 이끌고 여세를 몰아 경상도 일대를 누비며 가는 곳마다 승리를 거뒀다. 최경회는 경상우도 병마절도사로 영전돼 진주성으로 입성한다. 논개는 남복으로 변장하고 진주성으로 가 최경회와 재회한다. 왜군 10만여 대군의 공격으로 진주성은 결국 무너진다. 최경회, 김천일, 고종후 등은 끝까지 저항하며 싸우다 남강에 투신한다. 최경회가 죽었다는 소식을 접한 논개는 촉석루에서 벌이는 왜군들의 전승축하연에 참석한다. 강가 위 바위에 서 있던 논개에게 왜장 게야무라가 다가와 추근댄다. 논개는 게야무라를 껴안고 남강으로 몸을 던진다.

김별아(1969~)

강원 강릉에서 태어나 강릉여고와 연세대 국문과를 졸업했다. 1993년 〈실천문학〉에 중편소설 《닫힌 문 밖의 바람 소리》를 발표하며 문단에 데뷔했다. 청년심산문학상, 세계문학상 등을 수상했다.

다른 작품, 다른 첫 문장

나는 물 위에 떠 있었다. 발장구를 치거나 팔을 젓지도 않았다. 내 육체의 어느 한 부분도 긴장에 허덕이지 않았다. 《내 마음의 포르노그라피》(2000)

우거진 가시덤불 사이, 키를 돋운 고사리밭 너머로 죽은 자의 손처럼 창백한 그림자가 스멀거린다. 《꿈의 부족》(2000)

사월 파일의 왁자한 축제가 끝나고, 안거(安居)의 일정을 재촉하는 사문(沙門)들의 행보가 절로 바빠질 즈음이었다. 《미실》(2005)

뜨겁기 음욕보다 더한 것 없고 독하기 분노보다 더한 것 없네. 괴롭기 몸보다 더한 것 없고 즐겁기 고요보다 더한 것 없네.《영영이별 영이별》(2005)

청량한 가을날이었다. 중국 상해 강만江灣 비행장이 아침나절부터 떠들썩했다.《백범》(2008)

그를 기다리다 겨울이 갔다. 유난히 눈이 많이 내린 1922년 도쿄의 겨울. 연이은 폭설로 전차가 임시로 운행을 중단하고 학교가 문을 닫기도 했다.《열애》(2009)

호락호락하지 않은 여자를 좋아하는 건 집안 내력이다. 지금 아버지의 서재에는 다섯 개의 구멍을 뚫어 삼합사로 제본한 누리끼리한 표지의 족보가 번드르르 짱짱하지만, 실로 우리는 유서 깊은 백정의 집안이다.《가미가제 독고다이》(2010)

그 아이의 눈빛을 기억한다. 봄꽃을 바라볼 때 연분홍으로, 바다를 응시할 때 감청색으로 빛나던 눈동자.《채홍(彩虹:무지개)》(2011)

기절한 듯 잤다. 아니 자는 듯 기절했던 걸까? 꿈은 없었
다. 아무것도 없었다.《불의 꽃》(2013)

초여름 냄새가 났다. 비리고 서늘한, 사내 냄새였다.《어우
동, 사랑으로 죽다》(2014)

열심히 무슨 일을 하든,

아무 일도

하지 않든

스무 살은

곧 지나간다.

《스무 살》

김 연 수

　열심히 무슨 일을 하든, 아무 일도 하지 않든 스무 살은 곧 지나간다. 스무 살의 하늘과 스무 살의 바람과 스무 살의 눈빛은 우리를 세월 속으로 밀어넣고 저희들끼리만 저만치 등 뒤에 남게 되는 것이다.

작품 《스무 살》

2000년 출간된 단편소설.

26살이 된 '나'는 20살이던 1989년을 회상한다. 그 해는 데모, 비폭력운동 등 모든 것이 극에 달했던 해였다. 예고 연극영화과에 다니는 고3 남학생을 소개받아 아르바이트를 시작하지만 실력 없는 학생을 가르치는 일이 부질없다고 깨닫는다. 돈을 버는 일이기에 선뜻 그만두지 못하던 어느 날, 그 학생과 술을 마시면서 이야기를 나눈 후 과외 아르바이트를 그만둔다. 그 학생은 요리사가 꿈이었다. '나'는 2학기가 되면서 정신적으로는 여유로웠지만 경제적 상황은 그렇지 못해 일을 찾아야 했다. 몸 쓰는 일을 해야겠다고 생각하고 구직 광고를 보기 위해 학생과를 서성거린다.

김연수(1970~)

경북 김천에서 태어나 성균관대 영문과를 졸업했다. 1993년 계간 〈작가세계〉 여름호에 시를 발표하고, 이듬해 장편소설 《가면을 가리키며 걷기》로 작가세계문학상을 수상하면서 본격적인 작품 활동을 시작했다. 동서문학상, 동인문학상, 대산문학상, 황순원문학상, 이상문학상 등을 수상했다.

게이코가 유리창에 써놓고 간 'Merry X-mas & Happy' 란 글자 옆에는 누군가의 손바닥 모양이 찍혀 있었다.《내가 아직 아이였을 때》(2003년 제34회 동인문학상 수상작)

석 달 조금 못 되게, 불면의 밤을 보내면서 그는 곤충들이 두렵다는 결론에 이르렀다. 예컨대 지네는 다리 열 개를 잃고도 다리가 없어졌다는 사실을 모른 채 그냥 도망간다.《산책하는 이들의 다섯 가지 즐거움》(2009년 제33회 이상문학상 수상작)

이 일은 한 통의 전화로부터 시작됐다. 잘못 걸려온 전화. 잘못 전화한 사람은 잘못 전화하지 않은 사람이었고 잘못 전화하지 않은 사람은 잘못 전화한 사람이었다.《굿바이 이상》(2001)

처음에 나는 그 사진이 남양(南洋)군도에서 왔다고 생각했다.《네가 누구든 얼마나 외롭든》(2007)

열다섯 살이 되던 해, 나는 시간이 멈출 수도 있다는 사실을 알았다.《원더보이》(2012)

어머니의 칼끝에는

평생 누군가를

거둬 먹인 사람의

무심함이 서려 있다.

《칼자국》

김 애 란

어머니의 칼끝에는 평생 누군가를 거둬 먹인 사람의 무심함이 서려 있다. 어머니는 내게 우는 여자도, 화장하는 여자도, 순종하는 여자도 아닌 칼을 쥔 여자였다.

작품 《칼자국》

소설집 《침이 고인다》에 수록된 단편. 2007년 출간됐다. 2008
년 이효석문학상을 수상한 작품이다.

아버지는 가장으로서 책임감이 부족하며 우유부단한 성격이
다. 다른 사람의 부탁을 거절할 줄 몰라 돈도 빌려주고 보증
도 서면서 많은 경제적 손실을 자초한다. 어머니의 보호 아래
부족함 없이 자란 딸은 철없고 장난기가 많다. 가끔 어머니를
무시하기도 한다. 그러나 어머니는 딸과 남편 옆에서 하루하
루 생계를 위해 정성을 다한다.

김애란(1980~)

인천에서 태어나 한국예술종합학교 극작과를 졸업했다. 2003
년 〈창작과비평〉에 단편소설 《노크하지 않는 집》을 발표하며
작품 활동을 시작했다. 이상문학상, 대산대학문학상, 한국일보
문학상, 이효석문학상, 신동엽창작상 등을 수상했다.

다른 작품, 다른 첫 문장

나에게는 오래된 이름이 있다. 그 이름은 길다. 그 이름을
다 부르기 위해서는 누군가의 평생이 필요하다. 《침묵의
미래》(2013년 제37회 이상문학상 수상작)

내가 씨앗보다 작은 자궁을 가진 태아였을 때, 나는 내 안의 그 작은 어둠이 무서워 자주 울었다.《달려라, 아비》(2004)

바람이 많이 불던 밤이었다. 바람이 많이 불어서, 무엇이든 묻고 싶은 밤.《누가 해변에서 함부로 불꽃놀이를 하는가》(2005)

알람이 울린다. 어둠 속, 다급하게 깜빡이는 휴대 전화 불빛은 그녀가 하루를 시작하는 데 꼭 필요한 경보(警報)와 같다.《침이 고인다》(2006)

아버지와 어머니는 열일곱에 나를 가졌다. 올해 나는 열일곱이 되었다. 내가 열여덟이 될지, 열아홉이 될지 알 수 있는 방법은 없다.《두근두근 내 인생》(2011)

집을 버리고

떠난 후

해가 바뀌었다.

《내 생에 꼭 하루뿐일 특별한 날》

전 경 린

집을 버리고 떠난 후 해가 바뀌었다. 단지 한 해가 지난 것이 아니라, 전생처럼 너무나 오래 전의 일 같다. (프롤로그)

작품《내 생에 꼭 하루뿐일 특별한 날》

1999년 출간. 동아일보에 연재했던 '구름 모자 벗기 게임'을 모작으로 했다. 제목을《내 생애 꼭 하루뿐일 특별한 날》로 바꾸고, 내용도 대폭 수정한 후, 단행본으로 출간됐다.

이미흔은 '생의 단 하나뿐인 사랑'이라고 믿었던 남편에게 배신을 당하고 우울증에 시달린다. 남편은 이미흔의 우울증, 불화를 치유하기 위해 지방의 한적한 교외로 이주한다. 이미흔은 이웃집 남자 '규'를 만나고 그에게 연정을 품는다. 규는 일정기간 조건 없이 사랑을 나누기로 하되, 먼저 사랑을 고백하는 쪽이 지는 '구름 모자 벗기 게임'을 제안한다. 이미흔은 점점 게임에 빠져든다. 그러나 남편에게 밀회 사실이 들통나자 가출한다. 이미흔은 교통사고를 당하고, 규는 불구가 된다.

전경린(1962~)

경남 함안에서 태어나 경남대 독문과를 졸업했다. 1995년 동아일보 신춘문예 중편소설 부문에《사막의 달》이 당선되면서 작품 활동을 시작했다. 1996년 단편소설《염소를 모는 여자》로 한국일보문학상을, 이어 1997년 장편소설《아무 곳에도 없는 남자》로 문학동네소설상을 수상함으로써 등단 2년 만에 문단과 독자들의 이목을 끌었다. 이상문학상, 현대문학상, 21세기문학상 등을 수상했다.

이곳은 독일 서부의 작은 마을 S다. S는 비수기의 관광지처럼 한적하다. 《천사는 여기 머문다》(2007년 제31회 이상문학상 수상작)

국숫집 뒷마당의 넓은 건조장 가득, 가지런히 빗긴 듯한 긴 국숫발들이 간지럼을 타듯 흔들리고 있었다. 《강변마을》(2011년 제56회 현대문학상 수상작)

웃음소리…… 많은 사람들이 함께 웃었다. 웃음소리는 비눗방울처럼 나의 혈액 속을 둥둥 떠다닌다. 《안마당이 있는 가겟집 풍경》(1995)

여자는 세 벌의 옷을 고른 후, 싸두세요 나중에 나가는 길에 다시 들를게요, 라고 했다. 《사막의 달》(1995)

나, 윤미소. 처음 만나는 사람들은 언제나 내 이름을 되묻곤 했었다. 미소? 입가에 제각각 나름대로 미소의 기억을 떠올리며. 《염소를 모는 여자》(1996)

나는

내 아버지의

사형집행인이었다 .

《7년의 밤》

정 유 정

나는 내 아버지의 사형집행인이었다. 2004년 9월 12일 새벽은 내가 아버지 편에 서 있었던 마지막 시간이었다.

작품 《7년의 밤》

2015년 작품. 한국형 서스펜스 소설이다.

7년 전 최현수는 여자 아이(오세령)를 차로 치어 죽이고 세령호에 던진 후 댐의 수문을 열어 마을 주민 절반을 수장시킨다. 최현수는 체포됐고, 12살인 그의 아들 서원은 친척에게도 버림받아 최현수의 부하직원이었던 승환과 산다. 그러던 어느 날 최현수의 사형집행통지서가 도착하자 승환이 갑자기 사라진다. 이후 서원 앞으로 승환이 쓴 7년 전 사건 내용이 담긴 미완성 소설이 배달된다. 서원은 소설을 통해 진범의 실체를 알게 된다. 오세령의 아버지 오영제는 최현수가 범인임을 알아낸후, 최현수의 아내를 죽이고, 서원도 죽이려 했다. 최현수는 서원을 살리려고 댐의 수문을 열었고, 그 때문에 마을 사람들이 희생된 것이었다. 최현수 사형이 집행된 후, 오영제는 7년 전에 못다 한 복수를 하려고 한다. 하지만 승환이 쓴 소설이 경찰손에 들어가면서 서원과 승환은 구조된다.

정유정(1966~)

전남 함평에서 태어났다. 기독간호대를 졸업했다. 2007년 《내 인생의 스프링 캠프》로 세계청소년문학상을 수상, 문단의 주목을 받기 시작했다. 2009년 《내 심장을 쏴라》로 세계문학상을 받았고, 영화로도 제작됐다.

다른 작품, 다른 첫 문장.

나는 집으로 가고 싶었다. 그뿐이었다. 《내 심장을 쏴라》
(2007)

1986년 8월 14일 정오의 하늘을 기억한다. 뙤약볕이 쨍
하게 내리쬐는 가운데 번개가 떨어지고 천둥이 두 번 울
었다. 《내 인생의 스프링 캠프》(2009)

베링 해가 훅, 사라졌다. 백색 어둠이 그 자리를 채웠다.
바람이 눈발을 휘몰며 불어치고 암벽 같은 빙무가 세상
을 가뒀다. 성미 사나운 북극 마녀, 화이트아웃이었다.
《28》(2013)

피 냄새가 잠을 깨웠다. 코가 아니라 온몸이 빨아들이는
듯한 냄새였다. 《종의 기원》(2016)

3장

늘 코를
흘리고 다녔다

1897년 한가위.

까치들이

아침 인사를

하기모 전, ……

《토지》

박 경 리

1897년 한가위. 까치들이 울타리 안 감나무에 와서 아침 인사를 하기도 전에, 무색옷에 댕기꼬리를 늘인 아이들은 송편을 입에 물고 마을 길을 쏘다니며 기뻐서 날뛴다.

작품《토지(土地)》

25년 동안의 대장정 끝에 완결된 대하소설. 전체 5부 16권, 원고지 26만 장의 대하소설로 1부는 1969년 9월부터 〈현대문학〉, 2부는 1972년 〈문학사상〉, 3부는 1978년 〈주부생활〉, 4부는 1978년 〈월간경향〉, 1983년 〈정경문화〉·〈마당〉, 5부는 1992년 9월 1일부터 문화일보에 연재했다. 19세기 말에서 20세기 전반까지가 시대 배경이다.

경상남도 하동군 악양면 평사리. 만석꾼 대지주 최참판 댁의 마지막 당주인 최치수와 그의 외동딸 서희가 중심인물이다. 최치수 어머니 윤씨 부인은 젊어서 남편을 잃고, 불공을 드리러 갔다가 동학당 접주인 김개주로 인해 아들 환을 낳는다. 후에 김개주는 사형당한다. 동학당이 된 환은 구천이라는 가명으로 최참판 댁에 숨어든다. 환은 최치수 부인 별당 아씨와 함께 지리산으로 들어간다. 어머니 윤씨 부인의 비밀을 캐내려던 최치수는 재종형(육촌 형)인 조준구와 어울려 방탕한 생활을 하다가 성불구자가 된다. 최치수는 아내(별당 아씨)와 환을 찾기 위해 총을 들고 지리산을 뒤진다. 그러나 별당 아씨가 숨을 거둔 뒤, 환은 연곡사 우관 스님에게로 간다. 신분이 천한 귀녀는 최치수에게 접근하지만 마음을 얻는 데 실패한다. 귀녀는 강 포수와 칠성이를 꼬여 임신한 후, 최치수를 살해하고 최씨 집안의 대(代)를 이으려 한다. 이를 눈치챈 윤씨 부인이 귀녀의 자백을 받아낸다. 윤씨 부인이 죽자, 조준구는 최씨 집안의 재산을 독차지한다. 고아가 된 어린 서희는 집안을 지키기 위해 조준구와 맞선다. 서희는 어릴 때부터 함께 자란 길상과 함께 재산을 챙겨 간도로 떠난다. 간도에서 서희는 거부(巨富)가 되고, 길상과 혼인해 두 아들(환국·윤국)을 얻는다. 서희는 조준구에게 빼앗겼던 재산을 되찾은 후, 귀향길에 오른다. 한편, 독립운동을 하러 떠났던 길상은 계명회 사건에 연루돼 2년형을 언도받고 복역한다. 환국은 서희의 권유로 와세다대 법과에 입학한다. 서희는 두 아들이 시국에 깊이 관심을 갖자 새로운 걱정을 하게 된다.

박경리(1926~2008)

경남 충무에서 태어나 진주여고를 졸업했다. 1955년 단편《계산》과 1956년《흑흑백백》이 현대문학에 추천되면서 작가가 됐다. 1960년대 접어들어 장편《김약국의 딸들》을 발표하면서 작품세계의 전환을 이뤘다. 1969년 이후부터는 대하 장편소설《토지》에 몰두했다. 현대문학신인상, 호암예술상, 인촌상, 한국여류문학상, 월탄문학상 등을 수상했다.

9·28수복 전야에 진영(眞英)의 남편은 폭사했다. 남편은 죽기 전에 경인도로(京仁道路)에서 본 괴뢰군의 임종(臨終) 이야기를 했다.《불신시대》(1958년 제3회 현대문학상 수상작)

사변 때 아버지를 잃은 영주(玲珠)는 작년 여름에 또 사내동생을 잃어버렸다. 그리하여 민혜(玟惠) 자신이 어머니에게 외동딸이었던 것처럼 영주 역시 민혜에게 있어서 외동딸이 되고 말았다.《영주와 고양이》(1958년 제3회 현대문학상 수상작)

북풍이 유리창을 마구 때리고 있는 바깥 날씨는 영하 십칠팔 도를 오르내리고 있는 모양이다.《표류도》(1959)

서편 산허리에 뭉그러진 구름이 여광을 받아 황금빛으로 타고 있었다.《내 마음은 호수》(1961)

도처에서 일어나는 데모로 하여 세상은 소연하였다. 기대와 위구, 체념과 반발, 절망과 자포, 착잡한 감정을 실은 눈들이 포도 위에 흘러갔다.《푸른 운하》(1961)

통영은 다도해 부근에 있는 조촐한 어항이다. 부산과 여수 사이를 내왕하는 항로의 중간지점으로서 그 고장의 젊은이들은 '조선의 나폴리'라 부른다.《김약국의 딸들》(1962)

여덟 시가 지나면 득실거리던 다방 안은 휑뎅그렁해진다. 《나비와 엉겅퀴》(1978)

따뜻한 봄 날씨였다. 가볍게 집을 뒤흔들어 주는 듯한 비행기의 폭음이 아스라이 멀어진다.《은하수》(2003)

늘

코를 흘리고

다녔다.

《그 많던 싱아는 누가 다 먹었을까》

박 완 서

늘 코를 흘리고 다녔다. 콧물이 아니라 누렇고 차진 코여서 훌쩍거려도 잘 들어가지 않았다. 나만 아니라 그때 아이들은 다들 그랬다.

작품 《그 많던 싱아는 누가 다 먹었을까》

1992년 출간된 장편소설. 작가 자신과 가족 이야기가 담긴 자전적 소설이다.

7살 무렵 엄마의 손에 이끌려 상경한 '나'는 서울의 더럽고 삭막한 풍경에 실망한다. 오빠는 졸업 후 취직을 했고, 엄마는 집을 산다. 일제 말기쯤 오빠는 결혼을 하고 '나'는 책 읽는 데 몰두하게 된다. '나'는 1950년 20살에 서울대 문리대에 입학하지만 바로 그 해에 6·25전쟁이 터졌다. 한때 좌익에 가담했다가 의용군이 된 오빠 때문에 '나'는 이리저리 불려다니며 고초를 겪는다. 남은 가족들이 피난을 가려던 즈음 오빠는 몸과 마음이 만신창이가 되어 돌아온다. 결국 식구들은 피난을 못 가고 서울 현저동에 몸을 숨긴다. 많은 사람들이 피난을 떠난 텅빈 서울. 가족과 함께 남게 된 '나'는 언젠가 글을 쓸 것 같은 예감으로 공포를 이겨낸다.

박완서(1931~2011)

경기 개풍에서 태어나 숙명여고를 거쳐 서울대 국문과에 입학했지만, 6·25전쟁으로 학업을 중단했다. 1970년 여성동아에 장편소설 《나목(裸木)》이 당선되면서 데뷔했다. 이후 《세모》,《부처님 근처》,《카메라와 워커》,《엄마의 말뚝》을 발표했다. 1980년대에는 《살아있는 날의 시작》,《서 있는 여자》,《그대 아직도 꿈꾸고 있는가》 등의 장편소설을 발표하면서 여성의 억압 문제에 관심을 가졌다. 한국문학작가상, 이상문학상, 대한민국문학상, 이산문학상, 중앙문화대상, 현대문학상, 동인문학상, 대산문학상, 만해문학상, 인촌상, 황순원문학상, 호암상 등을 수상했다. 보관문화훈장을 받았다.

다른 작품, 다른 첫 문장

여지껏 우리 집에서 일어난 크고 작은 불상사는 하나같이 내가 집을 비운 사이에 일어났다고 나는 믿고 있다.
《엄마의 말뚝·2》 (1981년 제5회 이상문학상 수상작)

동생의 전화 목소리는 속사포처럼 빨랐다. 충분히 상냥했고 응석이 깔려 있었음에도 불구하고 대답할 틈을 전혀 주지 않았기 때문인지 명령조로 들렸다.《꿈꾸는 인큐베이터》(1993년 제38회 현대문학상 수상작)

전화 바꿨습니다. 어쩐 일이세요? 형님이 전화를 다 주시구. 거는 건 언제나 제 쪽에서였잖아요.《나의 가장 나종 지니인 것》(1994년 제25회 동인문학상 수상작)

갈색 털이 무성한 손이 불쑥 내 코앞까지 뻗어와 멈추었다. 그의 손아귀에 펴든 패스포드 속에서 긴 머리의 아가씨가 활짝 웃고 있었다.《나목(裸木)》(1970)

불쌍한 녀석! 목욕하고 이발까지 하고 난 뒤라 신수가 훤하고 혈색도 좋았다.《휘청거리는 오후》(1977)

버스에서 내리자 바로 스낵 가게다. 내 건강한 식욕이 명치께에서 음흉한 소리를 내며 꾸루룩했다.《도시의 흉년》(1977)

사흘밖에 남지 않았다. 창밖은 가을이다. 남쪽으로 난 창으로 햇빛은 하루하루 깊이 안을 넘본다.《그 가을의 사흘 동안》(1980)

갈증 때문에 깨어났다. 허둥대며 휘젓는 손끝에 쉽게 물주전자가 만져졌다. 그 무게가 불 같은 갈증의 무게를 풀어줄 만큼 실한 게 우선 반가웠다.《울음소리》(1982)

그의 머릿속에선 늘 수없는 짧은 말들이 거품처럼 부글대고 있었다. 그중에서 그는 한마디로 끝내줄 말을 찾아내지 않으면 안 되었다.《그의 외롭고 쓸쓸한 밤》(1983)

서로 깊이 좋아하면서도 일부러 만날 기회를 만들 필요 없이 생각만으로도 푸근해지는 친구가 있는가 하면 며칠만 목소리를 못 들어도 궁금증이 나서 전화질이라도 해야 배기는 친구도 있다.《해산 바가지》(1985)

아파트에 살던 후배가 땅 집으로 이사간다고 하길래 덮어놓고 잘했다고 말해주긴 했지만 정작 어디다 집을 샀는지 동네 이름은 별로 귀담아듣지 않았다. 무심한 것도 일종의 버릇인가 보다.《그 남자네 집》(2004)

그는 멍한 눈으로 창밖을 보고 있다. 창도 그의 눈동자만큼이나 멍하다.《친절한 복희씨》(2007)

탑골공원

가을이

당도해

있었다

《벽오금학도》

이 외 수

탑골공원.

가을이 당도해 있었다. 은행잎들이 노랗게 물들어 있었다.

작품 《벽오금학도》

1992년 출간된 장편소설.

강은백은 어린 시절 오학동이라는 신선 세계에 다녀온다. 그곳에서 사흘을 보내고 인간 세계로 돌아오는데, 신선은 한 장의 학그림을 준다. 학그림에 드나들 수 있는 능력을 가진 사람을 만나면 오학동으로 되돌아올 수 있다는 말과 함께. 인간 세계로 돌아온 강은백의 머리는 새하얗게 세어버렸고 3개월이 지나 있었다. 사람들은 오학동 이야기를 하는 강은백을 정신병자로 취급하고, 가족들은 정신병원에 입원시키기도 한다. 강은백은 40살이 될 때까지 자신을 오학동으로 데려다줄 선인을 찾아 헤매고, 우여곡절 끝에 선인 거지 노파를 만나 선계로 돌아간다.

이외수(1946~)

경남 함양에서 태어나 인제고를 졸업하고 춘천교대를 중퇴했다. 1972년 강원일보 신춘문예에 단편소설 《견습어린이들》이 당선되고, 1975년 〈세대〉 신인문학상에 중편소설 《훈장》이 당선되면서 소설가로 이름을 알렸다. 2012년 강원도 화천군에 이외수 문학관이 개관됐다.

내 아버지의 별명은 미친개였다.《훈장》(1975)

작은 형이 돌아왔다. 내게 긴 편지 한 통만을 건네주고 훌쩍 집을 떠나버린 뒤 줄곧 사 년 동안 아무 소식도 없었다.《꿈꾸는 식물》(1978)

노름에 관심이 많은 사람이라면 아마 '참꾼'이라는 말을 들어본 적이 있을 것이다.《고수》(1979)

해거름녘이었다. 해거름녘에 그 괴상한 영감탱이는 석양을 등진 모습으로 느닷없이 불쑥 우리 앞에 나타났었다.《장수하늘소》(1981)

영아원 시절이었다. 나는 어른들과 판이하게 다른 수리법을 쓰고 있었다.《황금 비늘》(1997)

하나님, 지금 저하고 장난치시는 겁니까. 나는 혼잣소리로 중얼거렸다.《장외인간》(2005)

간 밤 에

마 신 술 이

얼 마 나

지 독 하 였 던 지　나 는 ……

《별들의 고향》

최 인 호

간밤에 마신 술이 얼마나 지독하였던지 나는 악몽 같
은 어둠을 기어가 수돗가의 수도꼭지를 틀어 콸콸 쏟는
차디찬 물에 입을 틀어막고서야 비로소 안심하는 기묘한
작업을 대여섯 차례나 반복하였었다.

1972년 9월 5일부터 1973년 9월 14일까지 조선일보에 연재한 장편소설. 이후 1973년 상하 2권으로 출간했다. 출간하자마자 단숨에 베스트셀러에 올랐고, 영화로도 큰 인기를 끌었다.

어느 눈 내리는 초겨울, 오경아가 자살한다. 한때 그녀와 동거했던 '나' 김문오는 오경아의 주검을 인수하고 감회에 젖는다. 첫 남자 강영석과의 사랑으로 오경아에게 남은 것은 임신중절과 허무한 비애였다. 두 번째 남자 이만준과는 오경아의 과거가 밝혀지면서 파경을 맞는다. 이후 그녀는 호스티스가 되고, 그 즈음 김문오와 만난다. 김문오는 오경아와 동거하면서 한 겨울을 보내고 봄이 되자 고향으로 돌아간다. 그 후 오경아를 두 번 더 만났다. '나'는 오경아의 장례식 후 화장한 재를 뿌리며 슬퍼하지만 이내 일상으로 돌아온다.

서울에서 태어나 서울고, 연세대 영문과를 졸업했다. 고교 2학년 때 한국일보 신춘문예에 단편《벽구멍으로》가 가작으로 입선되고, 군복무 중인 1967년 조선일보 신춘문예에 단편소설《견습환자》가 당선되면서 정식으로 등단했다. 1970년대《별들의 고향》을 발표하면서부터 대중적인 인기를 누렸다. 영화〈깊고 푸른 밤〉으로 아시아영화제 각본상과 대종상 각본상을 받왔다. 사상계신인문학상, 현대문학상, 이상문학상, 가톨릭문학상, 불교출판문화상 등을 수상했다.

다른 작품, 다른 첫 문장

노(老)할머님이 아흔한 살로 돌아가셨다. 그날은 어찌나 더운 날이었는지 거리엔 사람이 하나도 없었고, 기온은 삼십오 도를 가리키고 있었다. 《처세술개론(處世術槪論)》(1972 년 제17회 현대문학상 수상작)

그는 방금 거리에서 돌아왔다. 너무 피로해서 쓰러져버릴 것 같았다. 《타인의 방》(1972년 제17회 현대문학상 수상작)

그는 약속대로 오전 여덟 시에 눈을 떴다. 눈을 뜨고 뻣뻣한 팔을 굽혀 팔목시계를 보았다. 정각 아침 여덟 시였다. 《깊고 푸른 밤》(1982년 제6회 이상문학상 수상작)

아아, 이야기를 어디에서부터 시작할 것인가. 이야기를 꺼내려 하면 어떤 사건이나 인물의 모습보다도 낮은 목소리의 노랫소리부터 들려오기 시작한다. 《겨울 나그네》(1983)

눈이 내리고,

그리고

또

바람이 부는가 .

《은교》

박 범 신

눈이 내리고, 그리고 또 바람이 부는가. 소나무숲 그늘
이 성에가 낀 유리창을 더듬고 있다.

작품《은교》

2010년 작품. 2012년 동명의 영화로도 상영됐다. 박범신이 개인 블로그에 연재했던 소설로, 원제는 '살인 당나귀'였다. 제목을 《은교》로 바꾼 후 출간됐다. 박범신은 자신의 작품 《촐라체》, 《고산자》와 함께 《은교》를 갈망 3부작으로 명명했다.

시인 이적요가 죽은 지 1년이 됐다. 이적요는 생전에 위대한 시인이라는 칭송을 받기도 했다. Q변호사는 이적요의 유언대로 그가 남긴 노트를 공개하려고 노트를 읽지만 공개를 망설인다. 그 속에는 이적요가 한은교를 사랑했고 베스트셀러 '심장'의 저자이자 제자인 서지우를 죽였다는 고백이 들어 있었기 때문이다. 게다가 '심장'을 비롯한 서지우의 작품은 모두 이적요가 썼다는 사실을 밝히고 있다. 고민을 거듭하던 Q변호사는 은교를 만난다. 은교에게서 서지우의 기록이 담긴 디스켓을 받은 Q변호사는 이적요와 서지우의 기록을 통해 그들 사이에 어떤 일이 일어났는지를 알게 된다. 은교는 이적요 집을 청소하는 아르바이트를 하게 된다. 이적요는 자신의 늙음과 대비되는 은교의 젊음에 관능과 아름다움을 느낀다. 이적요와 서지우의 관계는 은교를 둘러싸고 열등감과 질투, 모욕이 뒤섞인 채 아슬아슬하게 유지된다. 서지우가 자동차 사고로 목숨을 잃은 후, 이적요는 조금씩 생명력을 잃어간다.

박범신(1946~)

충남 논산에서 태어나 전주교대를 거쳐 원광대 국문과를 졸업
했다. 1967년부터 1973년까지 초·중학교 교사 생활을 했다.
1973년 중앙일보 신춘문예에 단편소설《여름의 잔해》가 당선
되면서 등단했다. 1993년 절필을 선언하고 1996년 중반까지
칩거했다. 1996년 〈문학동네〉 가을호에 중편소설《흰소가 끄는
수레》를 발표하면서 다시 글을 썼다. 대한민국문학상, 김동리문
학상, 만해문학상, 한무숙문학상, 대산문학상 등을 수상했다.

다른 작품, 다른 첫 문장

제복의 사내는 나의 어깨를 탁 쳐서 밀어 넣고 회색의 문
을 닫았다. 버스는 곧 파출소 앞을 출발하여 여름날 오후
의 뜨거운 태양이 송글송글 묻어나서 찐득거리는 도심지
로 빨려 들어갔다.《토끼와 잠수함》(1973)

"시간 반이면 뒤집어써요." 운전기사는 이마를 찡그리고
말했다. 코털을 뽑는 일이 사내의 버릇인 것 같았다.《불
의 나라》(1987)

세상은 온통 흰빛이었다. 눈은 그쳤지만 새벽까지 내린

폭설 때문인지 해인사 너른 주차장은 텅 비어 있었다. 《흰 소가 끄는 수레》(1996)

내가 네팔 카트만두행 비행기를 탄 것은 10월 하순이었다. 아무런 예정도 없었고 돌아올 기약도 없었다. 왕복인가요? 항공권을 살 때 직원은 물었고, 원웨이요, 나는 대답했다. 《촐라체》(2008)

일찍이 제 나라 강토를 깊이깊이 사랑한 나머지, 그것의 시작과 끝, 그것의 지난날과 앞날, 그것의 형상과 효용, 그것의 요긴한 곳과 위태로운 곳을 그리는 데 오로지 생애를 바쳐 마침내 그 모든 걸 품어 안은 이가 있었던 바, 그가 바로 고산자라 했다. 《고산자》(2009)

배롱나무는 꽃은 물론 그 줄기도 품격이 남달라 예로부터 선비들의 지극한 사랑을 받았다. 내가 다녀본 웬만한 고택의 뜰엔 꼭 배롱나무가 한 그루쯤 서 있었다. 《소금》(2013)

나는 '선생님'이 나를 찾아올 줄 예상하고 있었는지 모른

다. 그러나 그러기를 바란 것은 결코 아니다.《소소한 풍
경》(2014)

과실 속에 씨가 있듯이, 태어날 때 우리는 생성과 소멸,
탄생과 죽음이라는 2개의 씨앗을 우리들 육체의 심지에
박고 태어난다. 생성과 소멸은 경계 없는 동숙자이다.《주
름》(2015)

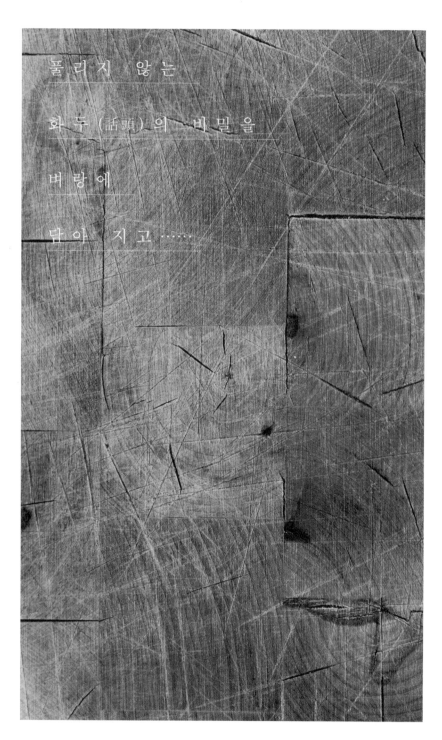

풀리지 않는

화두(話頭)의 비밀을

벼랑에

담아 지고 ……

《만다라》

김 성 동

　풀리지 않는 화두(話頭)의 비밀을 벼랑에 담아 지고 역마 (驛馬)처럼 떠돌다 경기도 아랫녘에 있는 벽운사(碧雲寺) 객 실의 문을 열자, 독한 소주 냄새가 코를 찔렀다.

작품 《만다라(曼陀羅)》

1978년 〈한국문학〉에 발표할 당시에는 중편이었으나, 이듬해 장편으로 개작해 단행본으로 출간했다.

한국전쟁 중 좌익인사로 처형된 아버지와 남편의 죽음에 충격을 받아 가출한 어머니를 둔 법운은 지암 스님을 만나 불교에 입문하고, 6년 동안 수도승의 길을 걷는다. 전국을 떠돌던 중, 우연히 들른 벽운사에서 지산을 만난다. 지산은 술과 여자를 가까이 하는 파계승이다. 가난하고 힘없는 자를 위해 법관이 되고 싶어했던 지산은 인간이 인간을 재판한다는 것에 회의를 느껴 입산했다고 말한다. 법운은 거리낌 없는 지산의 행동에 끌린다. 하지만 지산처럼 파계까지는 이르지 못한다. 법운과 지산, 둘은 오대산 암자에 거처를 정한다. 어느 날 법운과 함께 암자 아래 술집에서 술을 마시고 만취되어 돌아오던 지산은 산중에서 얼어 죽는다. 법운은 진정한 구도란 불쌍한 중생을 구제하는 것이라고 생각한다. 그리고 한 여인과 동침한 다음날 아침, 환속한다.

김성동(1947~)

충남 보령에서 태어나 서라벌고 3학년 때 자퇴하고 출가해 10여 년간 불문(佛門)에 들었다가 1976년 환속했다. 1975년 〈주간종교〉 종교소설 현상모집에 단편소설 《목탁조(木鐸鳥)》가 당선되고, 1978년 중편소설《만다라》로 한국문학 신인상을 수상하며 작가의 길로 들어섰다. 이듬해《만다라》를 장편으로 개작해 출간했다. 신동엽창작기금, 현대불교문학상 등을 수상했다.

다른 작품, 다른 첫 문장

그때에 나는 한 깨달음을 얻게 되었다. 내가 첩첩한 산속에 있는 그 초막(草幕)을 찾게 되었던 것은 그러니까 우거진 녹음방초가 산색을 온통 풀빛으로 물들이고 있던 맹하의 어느 날이었다. 《하산(下山)》(1981)

문풍지가 펄럭였다. 창문을 할퀴며 지나가는 메마른 겨울 북풍이 끊임없이 휘파람새 소리를 내고 있었다. 《오막살이 집 한 채》(1982)

종이 울렸다. 불이 켜졌다. 비상등이 번쩍였다. 기관단총 소리가 났다. 《붉은 단추》(1984)

차들은

밤에만 와서

섰다.

《타인의 얼굴》

한 수 산

차들은 밤에만 와서 섰다. 자디잔 자갈이 깔린 그 주차
장으로 차들은 밤이면 쥐처럼 모여들었다.

1991년 현대문학상 수상작인 중편소설.

'나'는 대학 시절 은사인 최명하 교수에 관한 글을 우연히 쓰게 된다. '나'의 글을 본 박은희 교수는 최명하 교수가 췌장암으로 항암치료를 받는 중이라는 소식을 전한다. 병문안을 간 '나'는 죽을 운명을 알고도 유머와 따스함을 잃지 않은 은사의 모습을 바라본다. 3개월 만에 부고를 받지만 '나'는 조문을 가지 않는다.

한수산(1946~)

강원 인제에서 태어나 춘천고와 경희대 영문과를 졸업했다. 1967년 강원일보 신춘문예에 시가 당선돼 문단에 데뷔했다. 1972년 동아일보 신춘문예에 단편소설 《4월의 끝》, 1973년 한국일보 장편소설 모집에 《해빙기의 아침》이 당선되면서 작품활동을 시작했다. 이후 《부초(浮草)》 등을 발표하면서 1970년대 베스트셀러 작가가 됐다. 1981년 중앙일보에 장편소설 《욕망의 거리》를 연재하던 중 대통령을 가볍게 야유한 내용이 '한수산 필화사건'으로 비화돼 고초를 겪었다. 오늘의 작가상, 녹원문화상, 현대문학상 등을 수상했다.

다른 작품, 다른 첫 문장

불빛 아래 이정표는 하얗게 서 있었다. 찬바람이 휘몰려 가는 철길을 건너 윤재는 역사를 나왔다. 이월 하순이었 지만 아직도 밤은 추웠다.《부초》(1977)

강바람이 차다. 엿새를 두고 내린 눈이 전나무 가지를 찢 으며 휘날렸다.《유민(流民)》(1982)

발소리가 다가왔다. 침대 옆에 다가와 서는 흰 구두는 미 들이었다.《거리의 악사》(1986)

"저쪽이 조선이다." 해가 떨어지고 있었다. 진홍빛으로 물 들었던 바다가 잿빛으로 어두워진다.《군함도》(2016)《《까마 귀》(2003)를 전면 개정한 것이다)

벌써

3 0 년이

다 돼가지만 ,

그해 봄에서 가을까지의 ……

《우리들의 일그러진 영웅》

이 문 열

벌써 30년이 다 돼가지만, 그해 봄에서 가을까지의 외
롭고 힘들었던 싸움을 돌이켜보면 언제나 그때처럼 막막
하고 암담해진다.

작품 《우리들의 일그러진 영웅》

1987년 〈세계의 문학〉 여름호에 발표된 중편소설. 같은 해 이
작품으로 제11회 이상문학상을 수상했고, 1992년 박종원 감
독에 의해 영화로 만들어졌다.

'나' 한병태는 공무원인 아버지의 전근으로 서울의 명문 초등
학교를 떠나 시골 초등학교로 전학을 간다. 그 학교에 선생님
의 두터운 신임과 아이들의 절대적 복종을 받는 독재자인 반
장 엄석대가 있었다. '나'는 담임 선생님에게 엄석대의 비행, 폭
력, 위압 등을 고발하지만 선생님은 오히려 엄석대의 편이었다.
결국 '나'는 엄석대에게 보호받는 쪽을 택한다. 그런데 6학년
이 되고 담임 선생님이 바뀌자 변화가 생긴다. 선생님은 반장
선거에서 엄석대가 몰표를 받고, 엄석대의 일제고사 성적이 지
나치게 높은 것에 의심을 품는다. 엄석대가 우등생의 시험지로
성적을 조작한 사건이 드러나고, 아이들이 엄석대의 비행을 폭
로하면서 엄석대는 나락으로 떨어진다. 엄석대는 학교에 불을
지른 후 어디론가 사라졌고, 비로소 친구들은 자유를 누린다.
'나'는 오랫동안 모든 것을 잊고 지낸다. 이후 사업에 실패하자
엄석대를 떠올린다. 재기 후 평범한 일상을 보내던 어느 날 우
연히 경찰에 연행되는 엄석대를 보게 된다.

이문열(1948~)

본명은 열(烈). 경북 영양에서 태어나 서울대 국어교육학과를
중퇴했다. 1977년 대구매일신문 신춘문예에 이문열이라는 필
명으로 《나자레를 아십니까》를 응모해 당선작 없는 가작으로
뽑혔다. 이 인연으로 1978년 대구매일신문에서 편집기자로 일
했다. 재직 중 1979년 동아일보 신춘문예에 중편소설 《새하
곡(塞下曲)》이 당선되면서 작품 활동을 시작했다. 그해 중편소
설 《사람의 아들》을 〈세계의 문학〉에 발표하면서 주목받았다.
1980년 신문사를 그만두고 창작에 전념했다. 오늘의 작가상,
동인문학상, 대한민국문학상, 중앙문화대상, 이상문학상, 현대
문학상, 21세기문학상, 호암예술상 등을 수상했다.

다른 작품, 다른 첫 문장

무엇인가 빠르고 강한 빗줄기 같은 것이 스쳐 간 느낌에
고죽(古竹)은 눈을 떴다. 얼마 전에 가까운 교회당의 새
벽 종소리를 들은 것 같은데 어느새 아침이었다. 《금시조》
(1982년 제15회 동인문학상 수상작)

시인이 길을 간다. 사람의 자취 끊어진 그윽한 산길을 시
인이 훠얼훨 간다. 《시인(詩人)과 도둑》(1992년 제37회 현대문학상
수상작)

그의 일탈된 삶을 추적하는 일은 기억의 문제에서 출발함이 좋을 듯싶다. 늘그막에 그는 자신의 한살이〔生〕를 긴 노래로 요약하면서 다음과 같은 구절을 남겼다. 《시인》 (1992년 제37회 현대문학상 수상작)

형사계(刑事係) 유리창 너머로 나지막한 도회의 하늘과 그 아래 음울하게 웅크리고 있는 지붕들이 보였다. 《사람의 아들》(1979)

쾌종 시계가 천천히 여섯 시를 알렸다. 텅 빈 사무실의 정적을 깊고 음울한 것으로 만드는 둔탁한 음향이었다. 《심근(心筋), 그리하여 막히다》(1979)

그날 아침 이상범(李相範) 중위는 '전쟁이란 이렇게 터지는 것이로구나' 하는 각오가 되었으면서도 얼떨떨한 비장감과 묘한 열기 속에 눈을 떴다. 《새하곡(塞下曲)》(1979)

팔월의 따가운 햇살 아래 마을은 한 폭의 동양화처럼 정지해 있었다. 《사과와 다섯 병정(兵丁)》(1981)

흔히 나이가 그 기준이 되지만, 우리 삶의 어떤 부분을 가리켜 특히 그걸 꽃다운 시절이라든가 하는 식으로 표현하는 수가 있다. 그러나 세상 일이 항상 그러하듯, 꽃답다는 것은 한번 그늘지고 시들기 시작하면 그만큼 더 처참하고 황폐하기 마련이다.《하구(河口)》(1981)

아시는 이는 아시겠지만, 귀두산(貴頭山)은 서울 근교에 있으면서도 줄기차게 경기도로 남아 있다가 근년에야 특별시에 편입된 영광을 입은 산이다. 그 귀두산 자락에 눈이 쬐그만 사내가 하나 살고 있었다.《귀두산에는 낙타가 산다》(1982)

또 그 소리 때문이다. 채 다섯 시도 못된 새벽을 깨어 속절없는 적막감에 내가 이리 서성이는 것은.《비정(非情)의 노래》(1982)

나는 내일이면 한 남자의 아내가 된다. 그 남자는 건강하고 쾌활하고, 아마는 성실하다.《레테의 연가》(1983)

부드러운 엔진소리와 함께 자동차는 야트막한 언덕길로

접어들었다.《영웅시대》(1984)

여러 번 가 본 것은 아니지만 베르사유의 마로니에들이 주는 변함없는 느낌 중의 하나는 축축함이었다. 물에 불은 듯한, 그러면서도 물기는 전혀 안 보이는 느낌만의 어떤 축축함.《추락하는 것은 날개가 있다》(1988)

봄은 눈뜸과 피어남과 움직임의 계절이다. 또 봄은 떠나는 사람, 떠돌고 헤매는 이들의 계절이기도 하다.《시인(詩人)의 사랑》(1993)

눈을 떴을 때는 아직 밤인가 싶었는데 실은 기차가 터널을 지나는 중이었다. 꽤 긴 터널인 듯, 모퉁이가 깨진 차창이며 출입구의 벌어진 틈새로 새어들어온 매캐한 석탄 연기가 잠에서 막 깨어난 철(仁哲)의 빈속을 매스껍게 했다.《변경》(1994)

크흐흐으흐, 키이히히히, 크크. 키키, 흐흐, 히히, ㅎㅎㅎ……나는 조금 전부터 지금의 내 웃음소리를 어떻게 의성(擬聲)해야 될지 고민하고 있다.《사로잡힌 악령(惡靈)》(1994)

서로 잘 모르는 대한민국 남자들을 쉽게 어울릴 수 있게 하는 화제 중에 으뜸은 아무래도 정치 얘기일 것이다.《전야(前夜), 혹은 시대의 마지막 밤》(1998)

갑자기 옆구리가 허전하고 사방이 조용해진 느낌에 그는 퍼뜩 눈을 떴다. 잠들기 전 곁에 누워 있던 노랑머리가 보이지 않았다.《호모 엑세쿠탄스》(2006)

황해도는

동으로 함경도와

강원도에 인접해서

마식령 산맥의

산세에 닿고, ……

《장길산》

황 석 영

황해도는 동으로 함경도와 강원도에 인접해서 마식령 산맥의 산세에 닿고, 남은 예성강을 지경으로 경기도의 들판과 만나며 북은 대동강을 건너 평안도를 바라보는 데, 서쪽으로는 바다로 솟아나가 중국의 산동을 마주 보고 있다.

작품 《장길산(張吉山)》

1974년 7월 11일부터 1984년 7월 5일까지 한국일보에 2092회에 걸쳐 연재됐던 장편소설. 1984년 전 10권으로 완간됐다. 1995년 출판사를 옮겨 재출간됐다. 《숙종실록》, 《추안급국안》, 《성호사설》 등에 단편적으로 언급돼 있는 장길산의 행적을 소설적으로 재구성했다.

조선조 효종 때, 장길산은 도망한 여비(女婢)의 몸에서 태어났다. 모친은 노상에서 길산을 낳자마자 죽는다. 길산은 구월산 광대들 손에서 광대로 성장했다. 길산은 같은 마을의 역사(力士) 이갑송과 송도 상단(商團) 행수 박대근, 구월산 화적 마감동 등과 사귄다. 창기(娼妓)였다가 버려진 묘옥과 정분을 맺기도 한다. 길산은 해주의 간사한 장사치 신복동을 징벌하려다 붙잡혀 사형수가 되지만, 박대근의 도움으로 탈옥한다. 양부모의 뜻을 어길 수 없었던 길산은 누이동생 봉순과 결혼한다. 금강산에 들어가 운부대사의 가르침을 받게 된 길산은 백성에 대한 의식을 점차 새롭게 갖게 된다. 숙종 10년, 대기근으로 백성들의 생활이 곤경에 처하자 길산은 관아와 부호를 털어 백성들을 돕는다. 정묘년 4월, 새로운 나라를 세우는 데 뜻을 함께 한 사람들이 구월산에 모인다. 백성들 사이에서 왕조가 망한다는 괴서가 나돌고, 미륵이 도래해 '용화(龍華)세계(미륵불의 정토)'를 이룬다는 믿음이 번져 나간다. 길산은 언진산에 자리를 잡고 관군에 맞설 자금을 조달한다. 이때 고달근이 길산 일당을 밀고한다. 토포관 최형기가 길산을 잡고자 급습하지만 길산은 이미 몸을 피한 뒤였다. 이후 길산은 고달근을 혼내주고 최형기를 처단한다. 해서와 관북 일대에도 길산을 자처하는 무리들이 나타나 조정을 괴롭히지만, 이후 길산을 본 사람은 아무도 없었다.

황석영(1943~)

만주 장춘에서 태어나 8·15광복 후인 1947년 월남해 서울에 정착했다. 동국대 철학과를 졸업했다. 경복고 재학 시절인 1962년 단편 《입석 부근(立石附近)》으로 〈사상계〉 신인문학상에 입선했고, 베트남전에서 돌아온 직후인 1970년 단편 《탑(塔)》으로 조선일보 신춘문예에 당선됐다. 1971년 〈창작과비평〉에 중편 《객지(客地)》를 발표하면서 명성을 높였다. 1983년 무려 10년에 걸쳐 완성한 전 10권의 대작 《장길산》을 펴냈다. 1989년 봄 평양에서 열린 제1차 범민족 대회에 참가해 4년 10개월 동안 옥고를 치르기도 했다. 만해문학상, 단재상, 이산문학상, 대산문학상 등을 수상했다.

다섯 채의 합숙소 왼편에 잇달아 지어진 서기실에는 사흘 동안 자물쇠가 채워져 있었다. 《객지(客地)》(1971)

낡고 비좁은 적산(敵産) 가옥에 네 세대나 살고 있었다. 집에 대한 권리를 가진 임자들이 각각 달랐는데, 그들 중 어느 식구인가가 독차지해서 쓰게 되면 지방 소도시에서는 제법 몇 째 가게 큰 편에 속할 집이었다. 《한씨연대기(韓氏年代記)》(1972)

영달이는 어디로 갈 것인가 궁리해 보면서 잠깐 서 있었다. 새벽의 겨울바람이 매섭게 불어 왔다. 《삼포(森浦) 가는 길》(1973)

나는 파혼을 하기로 결심했다. 오빠에게만 간단히 파혼하겠다는 뜻을 비쳤는데, 크게 벌린 입을 다물지 못하다가 무엇 때문이냐고 물었다. 《섬섬옥수》(1973)

먼 곳에서부터 발걸음 소리가 들려오기 시작했다. 발뒤꿈치를 시멘트 바닥에 자신 있게 내리박는 것 같은 소리다. 《오래된 정원》(2000)

몸이 천 길 아래로 끝없이 떨어져간다. 엷은 비단천 위에 누워서 그네를 타듯이 허공으로 흐느적거리며 날아 내려가는 것 같다.《심청》(2003)

우리 식구들이 뿔뿔이 흩어지던 때에 나는 겨우 열두 살이었다.《바리데기》(2007)

강연이 끝났다. 프로젝터가 꺼지고 스크린 영상도 사라졌다. 나는 강연대 위에 따라놓은 물을 반쯤 마시고는 웅성거리며 일어서기 시작한 청중 사이로 내려갔다.《해질 무렵》(2015)

언제 떠올랐는지 모를

그믐달이

동녘 하늘에

비스듬히

걸려 있었다.

《태백산맥》

조 정 래

언제 떠올랐는지 모를 그믐달이 동녘 하늘에 비스듬히 걸려 있었다. 밤마다 스스로의 몸을 조금씩 조금씩 깎아 내고 있는 그믐 달빛은 스산하게 흐렸다.

작품《태백산맥》

대하 역사장편소설. 〈현대문학〉, 〈한국문학〉 연재(1983. 9~1989. 11)를 거쳐 1989년 11월, 1만 6500매 분량의 《태백산맥》이 전 10권의 소설로 완간됐다. 1995년 출판사를 바꿔 재출간됐다. 모두 4부로 구성돼 있다. 제1부는 여순사건이 종결된 직후부터 1948년 12월 빨치산 부대가 율어지역을 해방구로 장악하는 무렵까지를, 제2부는 여순사건 이후 약 10개월 뒤까지를, 제3 부는 1949년 10월부터 1950년 12월까지 6·25전쟁 발발 전후 를, 제4부는 1950년 12월부터 1953년 7월 휴전 협정 직후까지 의 시기를 배경으로 하고 있다.

이야기는 1948년 10월 남한 단독정부 출범 직후, 전남 여수와 순천 지역에서 발발한 공산당의 집단적 저항의 실마리를 찾 아가는 것으로 시작된다. 중심인물 염상진은 노비 집안 출신 으로, 분단과 전쟁에 이르게 된 민족사에 대해 확고한 역사의 식을 갖고 좌익운동에 뛰어든 공산주의자다. 염상진 주위에는 농민 출신 빨치산들이 모인다. 염상진에 대립하는 인물로 지주 집안의 아들이면서 진보주의자인 김범우가 있다. 김범우의 중 도적 입장은 좌우익 모두에게 배척당하면서 극단적인 두 세력 사이에 낀 힘없는 이상주의자로 낙인찍힌다. 염상진이 자폭하 자 군경은 그의 머리를 수습해서 벌교로 가지고 와 '악질 빨갱 이 염상진 사살'이라는 현수막과 함께 벌교역 앞마당에 건다.

조정래(1943~)

전남 승주군 선암사에서 태어나 어린 시절을 주로 순천과 벌교에서 지내면서 여수·순천사건과 6·25전쟁을 겪었다. 광주서중학교, 서울 보성고를 거쳐 동국대 국문학과를 졸업했다. 1967년 시인 김초혜와 결혼했고, 1970년 〈현대문학〉에 소설 《누명(陋名)》이 추천돼 등단했다. 현대문학상, 대한민국문학상, 단재문학상, 만해대상, 현대불교문학상, 노신문학상 등을 수상했다.

다른 작품, 다른 첫 문장

"이 늙고 천헌 목심 편허게 눈감을 수 있도록 선상님, 지발 굽어 살펴주씨요. 요러크름 빌 팅께요." 영감은 부처님 앞에 합장을 할 때보다 더 간절하고 애타는 심정으로 손을 모았고, 그것도 부족한 것 같아 그만 바닥에 무릎까지 꿇었다. 《유형(流刑)의 땅》(1982년 제27회 현대문학상 수상작)

비구름을 가득 안은 하늘이 낮게 드리웠다. 스산한 바람결이 흙먼지를 일구며 땅바닥을 핥고 지나가고 있었다. 《청산맥》(1972)

설마설마 했던 소문은 설마가 아니었다. 참말로 전기가 들어오게 된 것이다. 《마술의 손》(1978)

초록빛으로 가득한 들녘 끝은 아슴하게 멀었다. 그 가이 없이 넓은 들의 끝과 끝은 눈길이 닿지 않아 마치도 하늘이 그대로 내려앉은 듯싶었다. 《아리랑》(1990)

새벽 어스름이 스러져 가고 있는 한겨울 들판을 기차가 달리고 있었다. 밤새 무성하게 돋아난 서릿발로 세상은 싸늘하게 얼어붙어 있었다. 《한강》(2001)

몽골의 대초원은 바다처럼 넓었다. 아니, 바다보다 더 넓었다. 《사람의 탈》(2007)

해거름에 구불거리는 야산 길을 따라 검은 승용차가 날렵하게 달리고 있었다. 그 늘씬한 몸매의 유연함이 마치 잔잔한 물결을 가르는 물개의 매끈한 몸짓 같았다. 《허수아비춤》(2010)

"오시느라고 수고하셨습니다. 저 전대광입니다." 남자는

상대방의 이름이 적힌 종이를 반으로 접는가 싶더니 곧바로 명함을 내밀었다.《정글만리》(2013)

온갖 꽃이란 꽃은 다 피워놓고 4월은 이울고, 꽃과 함께 유록색 새싹들을 돋아 올리며 5월이 오고 있었다.《풀꽃도 꽃이다》(2016)

4장

속인은 속인 이야기를
해야 한다

뻐스가 산모퉁이를

돌아갈 때 나는

〈무진 Mujin 10km〉이라는

이정비(里程碑)를

보았다.

《무진기행》

김 승 옥

뻐스가 산모퉁이를 돌아갈 때 나는 〈무진 Mujin 10km〉
이라는 이정비(里程碑)를 보았다. 그것은 옛날과 똑같은 모
습으로 길가의 잡초 속에서 튀어나와 있었다.

작품《무진기행(霧津紀行)》

〈사상계〉 1964년 10월호에 발표된 작품. 1967년 〈안개〉라는
제목으로 영화화됐다.

33살의 윤희중은 제약회사 중역이다. 동거하던 여자가 떠나버
리자 미망인이던 지금의 아내와 4년 전에 결혼했다. 윤희중은
아내와 장인의 도움으로 제약회사 전무가 될 예정이다. 어린 시
절을 보낸 고향 무진으로 내려간 윤희중은 무진에서 국어교사
인 후배 박, 중학 동창이며 행정고시에 합격해 무진의 세무서장
으로 있는 조, 그리고 음악교사 하인숙 등을 만난다. 서울을 동
경하는 하인숙은 윤희중을 유혹하고, 윤희중이 예전에 머물렀
던 바닷가 옛집에서 운우지정을 나눈다. 윤희중은 하인숙에게
사랑을 느끼고, 서울로 데려가겠다고 말한다. 다음날 윤희중은
상경을 요구하는 아내의 전보를 받고 갈등하면서도 하인숙에게
사랑한다는 편지를 썼다가는 찢어버리고 서울로 돌아간다.

김승옥(1941~)

일본 오사카에서 태어나 전남 순천에서 성장했다. 순천고를
거쳐 서울대 불문과를 졸업했다. 샘터사 편집장을 거쳐 세종
대 국문과 교수로 재직 중이던 2003년 뇌졸중으로 쓰러져 오
랜 기간 투병생활을 했다. 기적적으로 병은 이겨냈지만 언어 능
력을 잃었다. 1962년 단편《생명연습》이 한국일보 신춘문예

에 당선되면서 문단에 나왔다. 1964년《무진기행》등을 발표하며 4·19세대의 대표 작가로 인정받기 시작했다. 1965년《서울, 1964년 겨울》로 동인문학상을, 1977년《서울의 달빛 0장》으로 이상문학상을 수상했다. 2010년《무진기행》의 배경이 된 순천에 김승옥관이 개관됐다. 매년 김승옥문학상을 시상하고 있다.

다른 작품, 다른 첫 문장

1964년 겨울을 서울에서 지냈던 사람이라면 누구나 알 수 있겠지만, 밤이 되면 거리에 나타나는 선술집 – 오뎅과 군참새와 세 가지 종류의 술 등을 팔고 있고, 얼어붙은 거리를 휩쓸며 부는 차가운 바람이 펄럭거리게 하는 포장을 들치고 안으로 들어서게 되어 있고, 그 안에 들어서면 카바이드 불의 길쭉한 불꽃이 바람에 흔들리고 있는, 염색한 군용 잠바를 입고 있는 중년사내가 술을 따르고 안주를 구워주고 있는 그러한 선술집에서, 그날 밤, 우리 세 사람은 우연히 만났다.《서울, 1964년 겨울》(1966년 제10회 동인문학상 수상작)

형님한테서 전화가 왔다. "너, 차를 샀다면서?" 이 기사한

테서 들었을 게 틀림없다. 고용인으로서 몇 시간이나마 자리를 비우려면 외출 이유를 말하지 않을 수도 없었을 것이다.《서울의 달빛 0장(章)》(1977년 제1회 이상문학상 수상작)

"저 학생 아나?" 나는 한 교수님이 눈짓으로 가리키는 곳을 돌아보았다. "인사는 없지만 무슨 과 앤진 알고 있죠." 다방 문을 이제 막 열고 들어선 학생에게 여전히 시선을 주며 나는 대답했다.《생명연습》(1962)

전날 저녁, 산에 숨어 있던 빨치산들의 습격 때문에, 아침에 살펴보니 시(市)는 엉망진창이 되어 있었다.《건(乾)》(1962)

서울에서 하숙을 하고 있는 사람들은 그 수도 꽤 많지만 경우도 가지가지인 모양이다. 그 사람들이 자기가 들어 있는 하숙집에서 보고 듣고 느낀 것을 모두 얘기한다면 신기하고 놀랍고 재미있는 얘기가 헤아릴 수 없이 많겠는데, 여기 옮겨놓는 얘기도 아마 그런 것들 중의 하나라고 나 할까.《역사(力士)》(1964)

염소는 힘이 세다. 그러나 염소는 오늘 아침에 죽었다. 이제 우리 집에 힘센 것은 하나도 없다.《염소는 힘이 세다》(1966)

남쪽에서도 2월은 아직 한겨울이다. 제법 차가운 바람이 산골짜기를 타고 내려와 넓은 들을 휩쓸며 불어대고 있었다.《재룡이》(1968)

현주는 자기 몸에 늘어붙고 있는 사내의 시선을 느꼈다. 확인해보나마나 알지 못하는 술 취한 어떤 사내겠지.《야행(夜行)》(1969)

사람들은

아버지를

난장이라고

불렀다.

《난장이가 쏘아올린 작은 공》

조 세 희

사람들은 아버지를 난장이라고 불렀다. 사람들은 옳게 보았다. 아버지는 난장이였다.

작품《난장이가 쏘아올린 작은 공》

1976년 〈문학과지성〉 겨울호에 실린 작품. 1979년 동인문학상 수상작이다. 이 연작소설집에는 1975년 《칼날》을 시작으로 《뫼비우스의 띠》(1976), 《우주여행》(1976), 《난장이가 쏘아올린 작은 공》(1976), 《육교 위에서》(1977), 《은강 노동가족의 생계비》(1977), 《잘못은 신에게도 있다》(1977), 《클라인씨의 병》(1978), 《내 그물로 오는 가시고기》(1978) 등 12편의 단편소설이 실려있다. 1978년 이를 한데 묶어 연작소설집《난장이가 쏘아올린 작은 공》을 펴냈다.

날품팔이 노동으로 생계를 잇는 '난장이' 아버지, 그리고 어머니, 두 아들 영수와 영호, 막내이자 딸 영희 등 다섯 식구의 이야기다. 아버지는 채권 매매, 칼 갈기, 고층 건물 유리 닦기, 펌프 설치, 수도 고치기 등의 일을 한다. 이들은 도시 변두리, 언제 철거될지 모를 판자촌에서 살면서, 열악한 노동환경과 저임금에 짓눌린 채 살아간다. 밥상에는 보리를 섞은 밥, 시래기를 넣어 끓인 된장국, 새우젓, 양념이 덜된 짠 김치가 오른다. 세 아이도 모두 공장에 나가 일하지만 생활은 좀처럼 나아지지 않는다. 난장이 아들은 높은 현실의 벽에 부딪쳐 살인을 저지르고, 사형이라는 극단적 방식에 의해 사회에서 영원히 격리된다. 난장이 아버지는 힘든 나날 중에도 희망을 품지만, 그의 꿈은 꺾인다. 결국 굴뚝에서 투신자살로 생을 마감한다.

조세희(1942~)

경기도 가평에서 태어나 서라벌예대 문예창작과와 경희대 국
문과를 졸업했다. 1965년 경향신문 신춘문예에《돛대 없는 장
선(葬船)》이 당선돼 문단에 나왔다. 10여 년간 작품 활동을 하
지 않다가 1975년 〈문학사상〉에 '난장이' 연작소설의 첫 작품
인《칼날》을 발표하면서 주목받기 시작했다. 연작소설집《난
장이가 쏘아올린 작은 공》은 문단 안팎으로 큰 반향을 불러일
으켰다. 동인문학상 등을 수상했다.

다른 작품, 다른 첫 문장

수학 담당 교사가 교실로 들어갔다. 학생들은 그의 손에
책이 들려 있지 않은 것을 보았다. 학생들은 교사를 신뢰
했다.《뫼비우스의 띠》(1976)

다섯 시가 이미 넘었는데도 어두웠다. 여느 때면 내 방 창
에 첫 빛이 와 닿고 커튼이 그 빛을 올 사이사이로 빨아들
여 방 안의 어둠을 밀어버릴 시간이었다.《내 그물로 오는 가
시고기》(1978)

화폭은

이 며칠 동안

조금도 메꾸어지지 못한 채

넓게 나를

압도하고 있었다.

《병신과 머저리》

이 청 준

화폭은 이 며칠 동안 조금도 메꾸어지지 못한 채 넓게 나를 압도하고 있었다. 학생들이 돌아가버린 화실은 조용해져 있었다.

작품《병신과 머저리》

1966년 〈창작과비평〉 가을호에 실린 단편소설. 1968년 동인문학상 수상작이다.

형은 의사, '나'는 화가다. 우연히 형의 소설을 훔쳐본 '나'는 며칠 동안 화폭에 손을 대지 못하고 있다. 형의 소설은 6·25전쟁 때 경험한 패잔과 탈출에 대한 자신의 경험을 담고 있었다. 그런데 소설은 어느 지점에서 더 이상 진행되지 않았다. 고심하던 '나'는 형 방에 들어가 소설 뒷부분을 직접 마무리해 버린다. 그러자 화실로 불쑥 찾아온 형은 "너는 오해를 하고 있다"고 말한 이후 소설의 뒷부분을 직접 고쳐 쓴다. 다시 병원 일을 시작한 형은 어느 날 술에 취해 원고를 불태운다. 형은 '나'에게 "관모를 죽인 것으로 생각한 것은 나의 오해였다. 나는 오늘 관모를 만났다"는 엉뚱한 독백을 한다. 그러고는 '나'를 가리켜 도망간 애인 얼굴이나 그리고 있는 병신, 머저리라고 비난한다.

이청준(1939~2008)

전남 장흥에서 태어나 서울대 독문과를 졸업했다. 1956년《퇴원》으로 〈사상계〉 신인문학상 공모에 당선되면서 등단했다. 동인문학상, 한국일보문학상, 이상문학상, 대한민국문학상, 이산문학상 등을 수상했다. 사후 금관문화훈장이 추서됐다.

날씨가 제법 싸늘해지기 시작한 어느 가을날 해질녘 그 사내가 문득 교도소 길목을 조그맣게 걸어나왔다. 그것은 여간 희한한 일이 아니었다.《잔인한 도시》(1978년 제2회 이상문학상 수상작)

여자는 초저녁부터 목이 아픈 줄도 모르고 줄창 소리를 뽑아대고, 사내는 그 여인의 소리로 하여 끊임없이 어떤 예감 같은 것을 견디고 있는 표정으로 북장단을 잡고 있었다.《서편제》(1976)

나의 말은 나의 말이 아니며 나의 웃음은 나의 웃음이 아니다. 나의 말은 관객의 말이며 내 웃음 또한 관객과 청중의 웃음일 뿐이다.《자서전들 쓰십시다》(1976)

사람의 마음을 향기로 맡아내고, 그 향기 속에서 참 빛을 볼 때까지, 아버지 안진삼 목사는 나의 풀밭을 줄기차게 막아선 빛의 차단자였다.《낮은 데로 임하소서》(1981)

긴긴 세월 동안 섬은 거기 있어 왔다.《이어도》(1988)

살아서 박복했던

아버지는

그래도 죽음만큼은

유순하게 길들일 줄

알았나 보다.

《지상에 숟가락 하나》

현 기 영

살아서 박복했던 아버지는 그래도 죽음만큼은 유순하게 길들일 줄 알았나 보다. 이렇다 할 병색도 없이 갑자기 식욕을 잃더니 보름 만에 숟갈을 아주 놓아버린 것이었다.

작품 《지상에 숟가락 하나》

계간지 〈실천문학〉 연재를 거쳐 1999년 출간했다. 고교 시절까지 제주도에서 살았던 작가의 중학 시절까지의 기억들이 소설에 나타나 있다.

자신에게 애증이었던 아버지를 떠나 뭍으로 나온 '나'. 아버지의 죽음으로 수십 년간 떠났던 섬을 다시 찾는다. 아버지의 죽음은 '나'로 하여금 어린 시절의 기억을 더듬는 버릇을 갖게 했고, 고향을 찾는 발길이 잦아지게 했다. 제주에서 유년과 소년 시절이 투영된 자연 속의 사물들을 통해 '나'는 잊혀진 자아를 찾아보려 한다. 4살 때의 기억에서부터 4·3항쟁을 겪은 소년기를 거쳐, 자연을 잃고 세속화되어가는 사춘기에 이르기까지.

현기영(1941~)

제주에서 태어나 서울대 영어교육과를 졸업했다. 1975년 동아일보 신춘문예에 단편 《아버지》가 당선돼 문단에 데뷔했다. 제주 4·3연구소 소장과 한국문화예술진흥원 원장 등을 역임했다. 신동엽문학상, 만해문학상, 오영수문학상, 한국일보문학상 등을 수상했다.

다른 작품, 다른 첫 문장

내가 그 얻기 어려운 이틀간의 휴가를 간신히 따내가지고 고향을 찾아간 것은 음력 섣달 열여드레인 할아버지 제삿날에 때를 맞춘 것이었다. 《순이 삼촌》(1979)

그 무렵 나는 어느 대학 부속중학교에서 영어를 가르치고 있었는데 접장 질 5년에 어느덧 타성이 몸에 배어들어 속물이 다 되어버린 형편이었다. 《겨우살이》(1985)

이 글에 나오는 일화들은 모두 사실에 근거한다. 불복산(不伏山). 조선팔도 유명 산악들 중에 오직 지리산만이 이 성계의 등극을 반대하였다 해서 불복산이란 말이 생겼다. 《쇠와 살》(1992)

오름 분화구의 동북쪽, 완만한 경사면에 납작 엎드린 옛 무덤 하나, 마을 공동목장의 테우리 고순만 노인이 그 무덤가에 앉아 친구 오기를 기다렸다. 《마지막 테우리》(1994)

노년은 도둑처럼 슬그머니 갑자기 온다. 인생사를 통하여 노년처럼 뜻밖의 일은 없다. 《소설가는 늙지 않는다》(2016)

샛바람 사이를 긋던

빗방울이 멎자 금방

교교한 달빛이

계곡의 새밭으로

쏟아져 내렸다.

《객주》

김 주 영

샛바람 사이를 긋던 빗방울이 멎자 금방 교교한 달빛
이 계곡의 새밭으로 쏟아져 내렸다. 계곡에 널린 돌과 바
위들이 차갑게 빛났다.

작품 《객주(客主)》

서울신문에 1979년 6월부터 1983년 2월까지 4년 9개월 동안 1465회에 걸쳐 연재됐던 역사소설. 초판이 1984년 9권으로 출간됐다. 조선 후기 보부상의 삶과 애환을 그리고 있다.

보부상 천봉삼은 정의감, 의협심이 강하다. 천봉삼은 조성준에게 장사 수완을 배운다. 천봉삼은 친구 선돌을 구하기 위해 조소사를 납치하다가 그녀와 사랑에 빠진다. 하지만 조소사는 거상 신숙주의 첩실로 들어간다. 신숙주는 천봉삼과 조소사를 동침시켜 후사를 얻으려 하고, 조소사는 도망쳐 나와 천봉삼의 아들을 낳는다. 천봉삼이 평강을 떠나 있는 동안 조소사는 매월의 간계로 뱀에 물려 죽는다. 천봉삼은 아들을 월이에게 맡기고 장사를 나간다. 천봉삼에게 앙심을 품은 교활한 길소개는 양반가의 여인 운천댁과 몰래 정을 통해 도망한 후, 선혜당 당상인 김보현에게 아부하고 유필호와 사귀어 소과에 급제한다. 길소개는 세곡선의 세곡을 횡령하고, 천봉삼과 유필호를 내쫓는다. 또한 선혜청 낭청에 승천된 후 양곡 대신 모래를 섞어 분배한다. 이에 분노한 군인들이 임오군란을 일으킨다. 매월에게 혀를 잘린 길소개는 과거의 잘못을 뉘우치고 천봉삼의 수하로 들어간다.

김주영(1939~)

경북 청송에서 태어나 서라벌예대 문예창작과를 졸업했다. 1970년 〈월간문학〉에 《여름사냥》이 가작 입선되고, 1971년 《휴면기》로 〈월간문학〉 신인상을 받았다. 《객주》를 서울신문에 연재해 인기를 끌었다. 1983년 대하 역사소설 《활빈도》를 중앙일보에, 1988년 《화척》을 한국일보에 연재했다. 월간문학 신인상, 소설문학상, 유주현문학상, 이산문학상, 대산문학상, 이무영문학상, 김동리문학상 등을 수상했다.

다른 작품, 다른 첫 문장

짙은 안개에 싸인 마을의 둔중한 미명을 흩뜨리며, 이상한 소리가 들려오고 있었다. 《여름사냥》(1970)

'그 곳집'은, 마을에서 상당히 떨어진 외진 산턱에 언제나 적막하게 가라앉아 있었다. 《휴면기》(1971)

그 돼먹잖은 의붓아버지란 작자는, 초저녁부터 어머니와 흘레붙기를 잘하였습니다. 양잿물로 절인 김치를 준대도, 먹고 삭일 수 있을 만큼 먹새가 좋은 나는, 초저녁잠이라면 도둑놈이 와서 뱃구레를 밟는대도 모를 지경입니다. 《도둑견습》(1975)

고백하기엔 심히 부끄러운 노릇이지만, 사실 소생만큼 염복(艶福)을 지지리도 못 타고 난 놈도 드물 것입니다. 《여자를 찾습니다》(1975)

"이 방이오." 깡마른 여자는 그렇게 가리키곤 곧장 부엌으로 들어가버렸다. 여인숙 오른편에 있는 수수밭에서 제법 시원한 바람이 불어왔다. 《외촌장 기행》(1982)

없었다. 낯익은 얼굴들은. 물론 삭막한 공터만 나를 기다리고 있었다. 《새를 찾아서》(1987)

마을에서 면사무소로 올라가는 오르막길 들머리에 궁핍을 겪었던 시절의 집이 있었다. 《고기잡이는 갈대를 꺾지 않는다》(1988)

새벽이었다. 거위털 같은 함박눈이 한들거리며 내려쌓이고 있었다. 날이 밝아올 무렵인데도, 방안은 여전히 따뜻했다. 《홍어》(1997)

양수리 4킬로미터. 어둠 속이었으므로 더욱 뚜렷하게 다가서는 이정표가 시선에 들어왔다. 검회색으로 흘러가는 강물이 차창 너머로 바라보이기 시작했다.《아라리 난장》
(2000)

많이 먹고 아무것이나 먹기 때문에 냄새가 지독한 해삼 크기의 배설물을 쑥쑥 내놓는 너구리는, 다래나 머루 같은 열매가 풍부한 산기슭이나 강 근처를 맴돌며 산다. 《멸치》(2002)

속인은

속인 이야기를

해야 한다.

《아제아제 바라아제》

한 승 원

속인은 속인 이야기를 해야 한다. 감히 불자들의 이야기를 하겠다고 덤비는 것은 주제넘는 일일 터이다.

작품《아제아제 바라아제》

1985년 작품. '아제아제 바라아제'는 반야바라밀다심경에 나오는 진언(眞言)으로 '가자가자 더 높이 가자'라는 뜻. 1989년 영화로도 제작됐다.

순녀는 출가한 아버지를 찾아 덕암에 왔다가 은선 스님의 제자가 된 비구니다. 진성은 은선 스님의 또 다른 제자. 수행 중이던 순녀는 자살하려던 남자를 구해주면서 파계하고 그 남자와의 삶을 선택한다. 불행히도 남자는 탄광 매몰사고로 숨지고, 순녀는 아이를 사산한다. 이후 순녀는 남해안에서 구도의 길을 걷던 진성을 만나 절로 돌아온다. 하지만 은선 스님의 다비식이 끝난 후 다시 환속한다.

한승원(1939~)

전남 장흥에서 태어나 서라벌예대 문예창작과를 졸업했다. 문단 데뷔 후 전남 광양중, 광주 춘태여고 등에서 10여 년간 교편을 잡았다. 1966년 신아일보 신춘문예에《가증스런 바다》가 입선되고, 1968년 대한일보 신춘문예에《목선(木船)》이 당선되면서 본격 등단했다. 한국소설문학상, 대한민국문학상, 한국문학작가상, 현대문학상, 이상문학상, 한국해양문학상 등을 수상했다.

황두표 씨가 젊었을 시절부터 마을 사람들은 그를 '억살대'라고 불렀다. '억살대'는 '으악새'라고 하기도 하고 '억새'라고 하기도 하는 다년생 풀이었다. 《해변의 길손》(1988년 제12회 이상문학상 수상작)

사람들이 모여 앉거나 가다가 마주치기만 하면 쑥덕거리곤 했다. 그 섬 안에 끔찍스럽고 음험하고, 그러면서도 어처구니없을 만큼 실없는 소문이 나돌았다. 《갯비나리》(1988년 제33회 현대문학상 수상작)

봄부터 가을까지 채취선을 빌려다 쓰기로 하고, 지난해 겨울 동안 양산댁네 김 채취 머슴을 산 석주는 어처구니가 없었다. 《목선(木船)》(1968)

내 생애에는 늘 달빛 치마폭 풍성한 여신이 필요했다. 《달개비꽃 엄마》(2016)

무솔이

부락으로

뚫어나간

긔내를 따라……

《우리 동네》 중 '우리 동네 김씨'

이 문 구

무솔이 부락으로 뚫어나간 긔내를 따라 개울녘 둔치에 늘어선 미루나무 잎새들이 반짝거리고 볶이며 내뿜는 훈김에도, 파슬파슬하게 타들어 간 물길 옆의 갈밭에서는 빈 차 지나간 장길처럼 익은 흙이 일었다.

작품 《우리 동네》

1977년부터 1981년까지 발표된 9편의 소설을 발표순으로 엮은 연작소설. 연작소설이지만 사건적 연결성은 적다. 《우리 동네》 연작은 1977년 〈한국문학〉 11월호에 첫 작품 《우리 동네 김씨》를 시작으로 1981년까지 여러 문예지에 나눠 발표했다. 각 작품의 제목이 모두 '우리 동네 ○씨'로 돼 있다.

오랜 가뭄으로 논이 말라가자 '우리 동네 김씨'는 불법적인 방법으로 전기를 끌어와 남의 논에 가야 할 저수지 물을 퍼올린다. 한전 직원과 물 감시원에게 적발되지만 능청스럽게 위기를 넘긴다. 엉뚱하게도 한전 직원과 물 감시원 간의 싸움으로 번진다. 때마침 민방위 교육이 열려 사건은 흐지부지된다. 김씨는 능청스런 말로 좌중을 웃음과 박수의 도가니로 만든다.

이문구(1941~2003)

충남 보령에서 태어났다. 6·25전쟁 중에 아버지와 형들을, 이어 어머니를 잃었다. 서라벌예대 문예창작과를 졸업했다. 1965년 단편소설 《다갈라 불망비》와 《백결》이 김동리에 의해 〈현대문학〉에 추천돼 등단했다. 1970년대 중반 《관촌수필》과 후반 《우리 동네》 연작소설로 농민소설의 새로운 장을 열었다. 한국일보문학상, 한국문학작가상, 요산문학상, 펜문학상, 서라벌문학상, 만해문학상, 동인문학상 등을 수상했다.

그날 아침에 불쑥 전화가 와서 월미의 수능 점수를 묻는 통에 실랑이를 벌인 거였고, 오늘 식전에는 난데없는 까치 타령을 하여 속에서 불이 일게 한 것이었다.《내 몸은 너무 오래 서 있거나 걸어왔다》(2000년 제31회 동인문학상 수상작)

시골을 다녀오되 성묘가 목적이기는 근년으로 드문 일이었다.《관촌수필(冠村隨筆)》중 '일락서산(日落西山)'(1972)

한 친구가 있었다. 그냥 보면 그저 그렇고 그런 보통 사람에 불과한 친구였다.《유자소전》(1991)

오늘도 걸었다. 오늘도 어지간히 걸었다. 오늘도 걷는 것이 일이었다. 그러나 고단하였다.《매월당 김시습》(1992)

밭에서 완두를

거두어들이고 난

바로 그 이튿날부터

시작된 비가

며칠이고

계속해서 내렸다.

《장마》

윤 흥 길

밭에서 완두를 거두어들이고 난 바로 그 이튿날부터 시작된 비가 며칠이고 계속해서 내렸다. 비는 분말처럼 몽근 알갱이가 되고, 때로는 금방 보꾹이라도 뚫고 쏟아져 내릴 듯한 두려움의 결정체들이 되어 수시로 변덕을 부리면서 칠흑의 밤을 온통 물걸레처럼 질펀히 적시고 있었다.

작품 《장마》

1973년 〈문학과지성〉 봄호에 발표된 작품. 6·25전쟁 속에 혈연의 끈과 이데올로기의 대립이 얽힌 집안 간의 갈등과 화해를 보여주고 있다. 영화로도 만들어졌다.

6·25전쟁 중 남도의 어느 마을. 동만의 집에는 서울에서 피난을 온 외갓집 가족이 함께 살고 있다. 동만의 삼촌은 빨치산이고 외삼촌은 국군이다. 외가와 친가가 정반대의 이데올로기로 나뉘다 보니 할머니와 외할머니의 사이도 좋지 않다. 장맛비가 쏟아지던 날, 동만이 낯선 남자에게 삼촌이 집에 들렀다는 이야기를 하는 바람에 아버지가 형사에게 잡혀간다. 이 무렵, 빨치산이 읍내를 습격하고 마을 사람들이 사살당하는 일이 발생한다. 동만 아버지는 이때 동만이 삼촌도 죽었을 거라고 생각한다. 할머니는 점쟁이의 예언대로라면 아들이 살아 있을 것이라고 믿고 기다리지만 삼촌은 돌아오지 않는다. 대신 구렁이 한 마리가 집으로 들어온다. 할머니는 이 구렁이를 삼촌의 넋이라 생각하고 넋을 달랜다. 구렁이는 집안을 맴돌다 대문 밖으로 사라진다. 그 일이 있은 후 할머니와 외할머니는 오랜 감정을 풀고 화해한다. 기다리던 삼촌들은 끝내 돌아오지 않았다.

윤흥길(1942~)

전북 정읍에서 태어나 원광대 국문과를 졸업했다. 1970년대 숭신여중·고 교사와 일조각 편집위원으로 일했다. 1968년 한국일보 신춘문예에 단편 《회색 면류관의 계절》이 당선되면서 작가가 됐다. 《장마》로 문단의 주목을 받기 시작했다. 1980년대 들어 《완장》과 같은 작품으로 권력의 생태에 대한 비판의식을 풍자와 해학의 기법으로 표현했다. 한국문학작가상, 한국일보문학상, 현대문학상 등을 수상했다.

다른 작품, 다른 첫 문장

그해 이른 봄부터 이곡리(利谷里) 일대를 온통 휘젓고 다니며 마냥 으스대는 종술(鍾述)의 모습은 참으로 가관이었다. 물론 종술의 성깔을 익히 아는 이곡리 주민들은 그의 행패가 두려워서 감히 맞대놓고 그를 어쩌지는 못했다. 《완장(腕章)》(1983년 제28회 현대문학상 수상작)

워낙 개시부터가 기대했던 바와는 달리 어긋져나갔다. 《아홉 켤레의 구두로 남은 사내》(1977)

모든 강은

바다로

이어졌다.

《도요새에 관한 명상》

김 원 일

모든 강은 바다로 이어졌다. 강 하구는 크든 작든 삼각
주를 이루었다.

작품 《도요새에 관한 명상》

1979년 한국일보문학상 수상작. 도요새의 도래지로 유명한 동진강 하구를 배경으로 한 가족의 이야기다.

아버지는 북한의 재력가 수산업자의 아들이다. 6·25전쟁 때 인민군으로 참전했다가 포로가 되어 국군에 전향한 후 부상을 입고 대위로 예편했다. 아버지는 학교 서무과장을 지내면서 공금을 유용하다가 실직한다. 아버지는 북한에 두고 온 애인을 그리워하며 지낸다. 현실에 무관심하고 소극적인 아버지에 비해 어머니는 생활력이 강하고 적극적이다. 큰아들 병국은 서울의 명문대학에 다녔으나 시국 사건으로 퇴학을 당하고 집으로 돌아온다. 병국은 환경 문제에 대한 새로운 도전으로 조류와 동진강의 오염에 관심을 가지고 젊음을 불태운다. 동생 병식은 재수생으로 무기력하고 줏대가 없다. 병식은 용돈을 벌기 위해 철새를 박제하는 일에 협조한다. 병국은 도요새를 노리는 밀렵꾼들, 새들의 집단 죽음과 동진강의 오염 원인 등을 추적하다가 군인들에게 붙잡힌다. 병국은 새들의 죽음에 병식이도 관련 있음을 알고 동생을 추궁하지만 병식은 아무런 가책도 느끼지 않는다. 도리어 형을 경멸한다. 병국은 동진강 오염의 주범이 공장들이라는 것을 밝혀내고, 자신의 힘으로 동진강을 예전처럼 철새의 낙원으로 살리겠다고 결심한다.

김원일(1942~)

경남 진영에서 태어나 서라벌예대 문예창작과와 영남대 국문과를 졸업했다. 1966년《1961·알제리아》가 대구매일신문 신춘문예에 당선되고, 이듬해 〈현대문학〉 장편 공모에 《어둠의 축제》가 당선되면서 작품 활동을 시작했다. 이후 1973년 출세작 《어둠의 혼》을 내놓으며 문단의 주목을 받았다. 현대문학상, 한국일보문학상, 동인문학상, 이상문학상, 황순원문학상 등을 수상했다.

다른 작품, 다른 첫 문장

바라암은 주위의 키 큰 떨기나무숲에 싸여 있다. 성주산 가풀막 위, 흙에 스며 뿌리로 돌아가는 낙엽 파묻힌 작은 암자가 있다. 《바라암(波羅庵)》(1975년 제20회 현대문학상 수상작)

"시우야, 속력을 더 내봐. 쏜살같이, 지구 끝까지, 어디든 좀 더 살맛나는 곳까지 가보자꾸나." 뒤에 앉은 김여사가 빨던 담배를 바닥에다 비벼 끄며 말했다. 《잠시 눕는 풀》
(1975년 제20회 현대문학상 수상작)

방학을 한 주일 앞둔 토요일이었다. 어젯밤의 과음 탓으로 오윤기는 오전 수업을 망칠 수밖에 없었다.《환멸(幻滅)을 찾아서》(1985년 제16회 동인문학상 수상작)

금년으로 일곱 번째 맞은 '모스크바 국제도서박람회'에 한국이 처음으로 오백칠십여 종 도서를 출품하게 되었다.《마음의 감옥》(1990년 제14회 이상문학상 수상작)

아버지가 드디어 잡혔다는 소문이 읍내 장터마당 주위에 퍼졌다. 아버지는 어제 수산리 그곳 장날 장거리에서 사복 입은 순경에게 붙잡혔다 했다.《어둠의 혼》(1973)

"또 그놈으 간갈치를 꾸벘구나" 하며 아내를 타박하는 어머니 말소리가 들렸다. 소금에 절인 갈치구이는 할머니가 가장 즐기는 반찬이었다.《미망》(1982)

문학득이 산청군 오부면 산채에 본부가 있는 315부대로 단독 전출 명령을 받았을 때, 왜 자기만 뽑아 전출시키는지 이유를 몰랐다.《겨울골짜기》(1987)

"천지가 암흑이로다. 이 나라 백성의 갈 길이 캄캄하구나.

갑갑하다. 누구 없느냐? 무, 문을 열어라." 은곡 백하명
이 눈을 뜨며 꺼져가는 목소리로 말했다.《늘 푸른 소나무》
(1987)

고향 장터거리의 주막집에서 불목하니 노릇을 하며 어렵
사리 국민학교를 졸업하자, 선례 누나가 나를 데리러 왔
다. 나는 누나를 따라 대구로 가는 기차를 탔다.《마당 깊
은 집》(1988)

밤이 깊다. 바깥 날씨가 차갑다. 센바람에 창틀 유리가
떤다.《아우라지로 가는 길》(1996)

어둠이 회청색으로 조금씩 묽어졌다. 아직 먼동이 트기에
는 일렀다.《사랑아, 길을 묻는다》(1998)

할머니와 어머니는 전생부터 살이 낀 듯 궁합이 잘 맞지
않았다.《기다린 세월》(2015)

5장

'박제가 되어버린
천재'를 아시오?

소년은

개울가에서 소녀를 보자

곧 윤 초시네

증손녀딸이라는 걸

알 수 있었다.

《소나기》

황 순 원

소년은 개울가에서 소녀를 보자 곧 윤 초시네 증손녀 딸이라는 걸 알 수 있었다. 소녀는 개울에다 손을 잠그고 물장난을 하고 있는 것이다.

작품《소나기》

1953년 〈신문학〉 5월호에 발표됐다. 본래 제목은 '少女'. 1956
년 중앙문화사에서 간행한 창작집 《학(鶴)》에 재수록됐다.
1959년 영국의 〈인카운터(Encounter)〉지의 단편 콩쿠르에 입상
(유의상 번역)돼 게재되기도 했다.

소년은 개울가에서 소녀(윤 초시네 증손녀)를 처음 만난 이후 같
은 곳에서 계속 소녀를 기다린다. 소년은 어느 날 갑자기 쏟아
지는 소나기를 소녀와 함께 피한 후 소녀를 업고 물이 불은 개
울을 건넌다. 보이지 않던 소녀가 며칠 만에 나타나 아팠다고
했다. 소녀는 소년에게 대추를 쥐어주며 이사를 간다며 아쉬워
했다. 하지만 소년은 부모가 하는 말을 통해 윤 초시네가 망
하고, 소녀가 죽었다는 사실을 알게 된다.

황순원(1915~2000)

평남 대동에서 태어나 평양 숭덕소학교와 숭실중학을 졸업했
다. 일본 와세다대 영문과를 졸업했다. 1946년 월남해 서울중
·고 교사, 경희대 교수로 학생들을 가르쳤다. 초기엔 시인으로
활동했다. 1931년 시 〈나의 꿈〉을 동광에 발표한 후《방가(放
歌)》,《골동품》 등의 시집을 출간했다. 1936년 〈창작〉에《거리
의 부사》를 발표한 이후 소설 창작에 전념했다. 아세아자유문
학상, 예술원상, 3·1문화상 등을 수상했다.

어디를 가려도 목을 넘어야 했다.《목넘이 마을의 개》(1948)

이년! 이 백 번 쥐여두 쌀 년! 앓는 남편두 남편이다만, 어린 자식을 놔두구 그래 도망을 가? 것두 아들놈 같은 조수놈하고서…….《독 짓는 늙은이》(1950)

삼팔 접경의 이 북쪽 마을은 드높이 개인 가을 하늘 아래 한껏 고즈넉했다.《학(鶴)》(1953)

별이 쏠리는 밤이었다. 바람이 꽤 세었다. 서북 지방의 밤 공기가 아직 찰 대로 찬 삼월 중순께였다.《카인의 후예》(1953)

인철은 자의식의 과잉이라는 병을 앓고 있는 것이다. 자기가 백정의 후손이라는 사실을 알게 된 뒤부터 그 병은 싹트게 된 것이다. 그의 방황은 여기서부터 시작된다.《일월(日月)》(1962)

싸 움,

간 통,

살 인,

도 둑,

구 걸,

징 역,

이 세 상 의 모 든 비 극 과

활 극 의 근 원 지 인

칠 성 문 밖 ……

《감자》

김 동 인

싸움, 간통, 살인, 도둑, 구걸, 징역, 이 세상의 모든 비극과 활극의 근원지인 칠성문 밖 빈민굴로 오기 전까지 복녀의 부처는 (사농공상의 제2위에 드는) 농민이었다.

작품《감자》

〈조선문단〉 1925년 1월호에 실렸던 단편소설.

농부 딸인 복녀는 20살이 더 많은 홀아비에게 돈에 팔려 시집을 갔다. 하지만 남편은 무척 게을러 교외의 빈민굴로 가서 구걸하며 살았다. 당시 평양부에서는 기자묘 솔밭에 송충이가 많아 퇴치에 나섰다. 복녀도 그 일을 했다. 복녀는 정조를 대수롭지 않게 생각하며 감독에게 몸을 주면서 편하게 지냈다. 가을이 오자, 복녀는 빈민굴 아낙들을 따라 중국인 감자밭의 감자를 도둑질하러 다니기 시작했다. 어느 날, 감자 한 광주리를 훔치다가 중국인 왕서방에게 붙잡힌 후 왕서방에게 몸을 허락하고 얼마의 돈을 받아온다. 그 후부터 왕서방은 복녀 집에 수시로 드나든다. 그런데 왕서방이 돈으로 새색시를 얻어 장가를 가게 됐다. 질투를 참지 못한 복녀는 왕서방의 결혼식날 낫을 들고 대항하다 결국 죽고 만다. 왕서방은 복녀 남편과 의사에게 각각 30원과 20원씩을 건네준다. 다음날 복녀는 뇌일혈로 죽었다는 진단을 받고 공동묘지로 실려간다.

김동인(1900~1951)

평양에서 태어나 일본 메이지학원 중학부와 가와바타미술학교에서 수학했다. 1919년 우리나라 최초의 문예동인지 〈창조〉와 1924년 〈창조〉의 후신격인 동인지 〈영대〉를 창간했다. 1919년

〈창조〉에 우리말로 쓴 처녀작《약한자의 슬픔》을 발표했다. 같은 해《배따라기》를 발표했다. 1955년 동인문학상이 제정됐다.

다른 작품, 다른 첫 문장

좋은 일기이다. 좋은 일기라도, 하늘에 구름 한 점 없는– 우리 '사람'으로서는 감히 접근 못할 위엄을 가지고, 높이서 우리 조그만 '사람'을 비웃는 듯이 내려다 보는, 그런 교만한 하늘은 아니고, 가장 우리 '사람'의 이해자인 듯이 낮추 뭉글뭉글 엉기는 분홍빛 구름으로서 우리와 서로 손목을 잡자는 그런 하늘이다. 사랑의 하늘이다.《배따라기》(1921)

독자는 이제 내가 쓰려는 이야기를 유럽의 어떤 곳에서 생긴 일이라고 생각해도 좋다. 혹은 사오십 년 뒤에 조선을 무대로 생겨날 이야기라고 생각해도 좋다.《광염 소나타》(1929)

노총각 M이 혼약을 하였다. 우리는 이 소식을 들을 때에 뜻하지 않고 서로 얼굴을 마주보았습니다.《발가락이 닮았다》(1932)

여름 장이란

애시당초에 글러서,

해는 아직

중천에 있건만……

《메밀꽃 필 무렵》

이 효 석

여름 장이란 애시당초에 글러서 해는 아직 중천에 있건만 장판은 벌써 쓸쓸하고 더운 햇발이 벌여 놓은 전휘장 밑으로 등줄기를 훅훅 볶는다.

작품《메밀꽃 필 무렵》

1936년 〈조광〉 10월호에 발표됐다. 1941년 5월 간행한《이효석단편선》에 수록됐다. 작가의 고향인 봉평·대화 등 강원도 산간마을 장터를 배경으로 하고 있다.

왼손잡이요 곰보인 허생원은 장터를 돌아다니는 장돌뱅이인 채로 나이가 든다. 허생원은 하룻밤 정을 나누고 헤어진 처녀를 잊지 못해 봉평장을 거르지 않고 찾는다. 봉평장이 선 날 허생원은 조선달을 따라 충주집으로 간다. 충주집에서 알게 된 동이와 대화장으로 가게 된 허생원은 달빛을 받으며 메밀꽃이 하얗게 핀 산길을 걷는다. 이때 일생에 단 한번 있었던 연애 이야기를 털어 놓았다. 젊은 시절 메밀꽃이 하얗게 핀 달밤에 어떤 처녀와 밤을 보낸 이야기였다. 동이는 자기를 낳아준 아버지의 성도 얼굴도 모른다고 했다. 누구의 자식인지도 모른 채 동이를 낳은 동이 어머니는 친정에서 쫓겨나 어떤 남자와 살다가 지금은 헤어져 살고 있다고 했다. 동이는 의붓아버지 밑에서 고생하다가 집을 뛰쳐나왔다는 것이다. 동이의 이야기를 듣던 허생원은 동이 어머니가 바로 자기가 찾는 여인이라고 믿는다. 허생원은 동이 어머니의 친정이 봉평이고 동이가 왼손잡이인 것을 알고는 혈육의 정을 느낀다. 허생원은 장이 끝나면 동이 어머니가 사는 제천으로 동이와 함께 가기로 마음먹는다.

이효석(1907~1942)

강원 평창에서 태어나 제일고보를 거쳐 경성제대 영문과를 졸업했다. 함북 경성농업학교, 평양 숭실전문학교 교사를 지냈다. 1928년 〈조선지광〉에 《도시와 유령》을 발표하면서 등단했다. 초기에는 《행진곡》, 《기우》 등을 발표하면서 구인회에 참여했다. 강원도 평창군 봉평면 창동리에 '이효석 문학관'이 있다.

다른 작품, 다른 첫 문장

기차는 심히 적막한 시골 역에서 근소한 승객을 주워 싣고 또다시 달아나기 시작하였다. 《황야》(1925)

해가 쪼이면서도 바다에서는 안개가 흘러 온다. 헌칠한 벌판에 얕게 깔려 살금살금 기어오는 자줏빛 안개는 마치 그 무슨 동물과도 같다. 《약령기(弱齡記)》(1930)

옛성 모롱이 버드나무 까치둥우리 위에 푸르둥둥한 하늘이 얕게 드리웠다. 《돈(豚)》(1933)

스스로 비웃이면서도 어린아이의 장난과도 같은 그 기괴한 습관을 나는 버리지 못하였다. 《성화(聖畵)》(1935)

꽃다지, 질경이, 냉이, 딸장이, 민들레, 솔구장이, 쇠민장이, 길오장이, 달래, 무릇, 시금치, 씀바귀, 돌나물, 비름, 능쟁이. 들은 온통 초록 천에 덮여 벌써 한 조각의 흙빛도 찾아볼 수 없다. 초록의 바다.《들》(1936)

창 기슭에 붉게 물든 담장이 잎새와 푸른 하늘 – 가을의 가장 아름다운 이 한 폭도 비늘구름같이 자취 없이 사라져 버렸다.《낙엽기(落葉記)》(1937)

싸움이라는 것을 허다하게 보아 왔으나 그렇게도 짧고 어처구니없고 – 그러면서도 싸움의 진리를 여실하게 드러낸 것은 드물었다.《장미 병들다》(1938)

찔레순이 퍼지고 화초포기가 살아났다고 해도 원체가 고양이 상판만큼밖에 안 되는 뜰 안이라 자복이 깔아놓은 조약돌을 가리면 푸른 것 돋아나는 흙이라고는 대체 몇 줌이나 될 것인가.《향수》(1939)

오월을 잡아들면 온통 녹음 속에 싸여 집안은 푸른 동산으로 변한다.《화분》(1939)

늦여름의 해는 유난스럽게 길어 오후가 한층 지루하다.
《벽공무한(碧空無限)》(1941)

"세상에 기적이라는 게 있다면 요 며칠 동안의 제 생활의
변화를 두구 한 말 같어요. 이 끔찍한 변화를 기적이라구
밖엔 뭐라구 하겠어요."《풀잎》(1942)

나는

금년

여섯 살 난

처녀애입니다.

《사랑손님과 어머니》

주 요 섭

　나는 금년 여섯 살 난 처녀애입니다. 내 이름은 박옥희이구요. 우리집 식구라구는 세상에서 제일 이쁜 우리 어머니와 단 두 식구뿐이랍니다.

작품《사랑손님과 어머니》

1935년 〈조광〉 11월 창간호에 발표됐다. 1948년 수선사(首善
社)가 간행한 단편집《사랑손님과 어머니》에 수록됐다.

'나' 옥희는 홀로 된 어머니, 외삼촌과 함께 살고 있다. 어느
날, 동리 학교 교사로 오게 된 아버지의 생전 친구였다는 아저
씨가 하숙을 하게 된다. 아저씨는 외삼촌 친구이기도 했다. 아
버지가 쓰던 사랑에 기거하게 된 아저씨는 옥희와 친해진다.
아저씨가 삶은 달걀을 좋아한다는 사실을 어머니에게 말하자
아저씨 밥상에 삶은 달걀이 오른다. 옥희는 아저씨에게 불쑥
아버지가 되어 주었으면 좋겠다는 말을 꺼내지만 아저씨는 얼
굴을 붉힌다. 옥희는 어머니를 기쁘게 해주려고 유치원에서 뽑
아온 꽃을 아저씨가 갖다 주라고 했다며 어머니에게 건넨다.
그러자 어머니 얼굴이 빨개진다. 얼마 후 어머니는 '나'를 통해
종이가 들어 있는 손수건을 아저씨에게 전했고, 아저씨는 예쁜
인형을 나에게 주고는 집을 떠난다. 어머니는 옥희와 함께 뒷
동산으로 올라가 아저씨가 탔을 기차를 바라본다.

주요섭(1902~1972)

시인 주요한의 동생이다. 평양에서 태어나 평양의 숭실중, 일본
도쿄 아오야마학원 등을 거쳐 중국 후장대와 미국 스탠퍼드대
에서 수학했다. 1919년 3·1운동이 일어나자 귀국해 지하신문

을 발간하다가 출판법 위반으로 10개월 형을 받았다. 1921년 매일신보에 《깨어진 항아리》를 발표하면서 등단했다.

다른 작품, 다른 첫 문장

밤 새로 두시에야 자리에 누웠던 아찡이 아직 날이 채 밝기도 전에 졸음 오는 눈을 비비면서 일어났다. 《人力車군》(1925)

티이루움 '아네모네'에 마담으로 있는 영숙이가 귀걸이를 두 귀에 끼고 카운터 뒤에 나타난 날, '아네모네' 단골 손님들은 영숙이가 머리를 움직일 때마다 한들한들 춤을 추는 그 자줏빛 귀걸이의 아름다움을 탄복하였다. 《아네모네의 마담》(1936)

내 네 살 난 아들놈 장난감으로 북을 한 개 사다 주었던 것이 우리 집에서 밥짓고 있는 복실이 어머니에게 그렇게도 큰 슬픔을 가져다 주리라고는 나는 꿈에도 생각 못했던 것이다. 《북소리 두둥둥》(1937)

사랑하는 이여! 써놓고 보니 어색하옵니다. 《극진한 사랑》(1948)

"장인님!

인 젠

저 ─ "

《봄·봄》

김 유 정

　"장인님! 인젠 저―" 내가 이렇게 뒤통수를 긁고 나이가
찼으니 성례를 시켜줘야 하지 않겠느냐고 하면, 그 대답
이 늘 "이 자식아! 성례구 뭐구 미처 자라야지―" 하고 만
다. 이 자라야 한다는 것은 내가 아니라 장차 내 아내가
될 점순이의 키 말이다.

작품 《봄·봄》

1935년 〈조광〉 12월호에 발표한 작품.

주인공은 점순네 데릴사위로 들어가기로 하고 3년 7개월을 일한다. 그런데 심술 사나운 예비 장인 욕필이(별명, 실제 이름은 봉필이) 영감은 성례시킬 생각이 전혀 없다. 장인은 데릴사위라는 명목으로 주인공을 새경 안 주는 머슴으로 계속 부려먹는다. 어느 날 작심하고 장인에게 덤비면서 쉽게 물러나지 않는다. 그러자 뜻밖에 점순이가 "망할 게 아버지 죽이네" 하고 말하는 바람에 기가 꺾이고 만다.

김유정(1908~1937)

강원도 춘천에서 태어나 휘문고보를 거쳐 연희전문 문과를 중퇴했다. 1935년 조선일보 신춘문예에 《소낙비》가 당선작으로, 조선중앙일보에 《노다지》가 가작으로 뽑혀 문단에 데뷔했다. 구인회 동인으로 참여해 이상, 김문집 등과 어울리며 창작활동을 했다. 불과 2년의 작가 생활 동안 30편에 가까운 작품을 남겼다.

다른 작품, 다른 첫 문장

밤이 깊어도 술꾼은 역시 들지 않는다. 메주 뜨는 냄새와

같이 퀴퀴한 냄새로 방 안은 쾨쾨하다.《산골 나그네》(1933)

음산한 검은 구름이 하늘에 뭉게뭉게 모여드는 것이 금시라도 비 한 줄기 할 듯하면서도 여전히 짓궂은 햇발은 겹겹 산 속에 묻힌 외진 마을을 통째로 자실 듯이 달구고 있었다.《소낙비》(1933)

땅속 저 밑은 늘 음침하다.《금 따는 콩밭》(1935)

그믐 칠야 캄캄한 밤이었다. 하늘에 별은 깨알같이 총총 박혔다.《노다지》(1935)

우리 마누라는 누가 보든지 뭐 이쁘다고는 안 할 것이다. 《안해》(1935)

오늘도 또 우리 수탉이 막 쪼키었다. 내가 점심을 먹고 나무를 하러 갈 양으로 나올 때였다.《동백꽃》(1936)

내가 열 살이

될락 말락 할 때이니까

지금으로부터

십사오 년 전 일이다.

《벙어리 삼룡이》

나 도 향

내가 열 살이 될락 말락 할 때이니까 지금으로부터 십

사오 년 전 일이다. 지금은 그곳을 청엽정(青葉町)이라 부

르지마는 그때는 연화봉(延花峯)이라고 이름하였다.

작품 《벙어리 삼룡(三龍)이》

1925년 7월 〈여명〉 1호에 실린 단편소설. 1920년대 일제시대
가 배경이다.

오생원 집 하인 삼룡이는 벙어리에 땅딸보다. 얼굴은 얽고 입
이 크며 목은 짧았다. 오생원 집에는 17살이 된 3대 독자 아들
이 있었는데, 삼룡이를 못살게 굴었다. 그해 가을, 주인 아들은
가난한 19살 처녀를 돈으로 데리고 와서 장가를 갔다. 사람들
은 신부와 신랑을 두루미와 까마귀에 비교했고, 이를 알게 된
신랑은 신부를 학대하기 시작했다. 삼룡이는 아씨에게 동정심
을 갖게 되고, 야릇한 감정도 느낀다. 아씨는 삼룡이의 지극한
정성이 고마워서 비단 자투리로 쌈지를 하나 만들어준다. 이것
이 주인 아들의 눈에 띄게 되고, 삼룡이는 온몸에 피가 맺히도
록 구타를 당한다. 어느 날 오생원 집에 큰 불이 나고, 삼룡이
는 아씨를 안고 지붕 위로 올라가지만 아씨는 숨진 뒤였다.

나도향(1902~1926)

서울에서 태어나 배재고보를 졸업했다. 1921년 〈배재학보〉에
《출향》을 발표하고, 뒤이어 〈신민공론〉에 단편소설《추억》을 발
표하면서 문필 활동을 시작했다. 1922년 문예동인지 〈백조〉 동
인으로 참여해 창간호에 《젊은이의 시절》을 발표했다. 그해 동
아일보에 장편소설《환희(幻戲)》를 연재했다.

덜컹덜컹 홈통에 들었다가 다시 쏟아져 흐르는 물이 육중한 물레방아를 번쩍 쳐들었다가 쿵하고 확 속으로 내던질 제 머슴들의 콧소리는 허연 계가루가 케케 앉은 방앗간 속에서 청승스럽게 들려 나온다. 《물레방아》(1925)

안협집이 부엌으로 물을 길어가지고 들어오매 쇠죽을 쑤던 삼돌이란 머슴 놈이 부지깽이로 불을 헤치면서, "어젯밤에는 어디 갔었습던교?" 하며 불밤송이 같은 머리에 왜수건을 질끈 동여 뒤통수에 슬쩍 질러 맨 머리를 번쩍 들어 안협집을 훑어본다. 《뽕》(1925)

새침하게

흐린 품이

눈이 올 듯하더니

눈은 아니 오고

얼다가 만 비가

추적추적 내리는 날이었다.

《운수 좋은 날》

현 진 건

새침하게 흐린 품이 눈이 올 듯하더니 눈은 아니 오고 얼다가 만 비가 추적추적 내리는 날이었다. 이날이야말로 동소문 안에서 인력거꾼 노릇을 하는 김첨지에게는 오래 간만에도 닥친 운수 좋은 날이었다.

작품《운수 좋은 날》

1924년 6월 〈개벽〉 48호에 발표됐다. 1920년대 사실주의적 단편소설의 백미로 평가된다.

비가 '추적추적' 내리는 어느 날, 인력거꾼 김첨지에게 큰 행운이 찾아온다. 오래간만에 닥친 '운수 좋은 날'이다. 아침 댓바람부터 손님을 둘이나 태워 80전을 벌었다. 게다가 집으로 돌아가려는 중에 1원 50전의 학생 손님까지 만났다. 엄청난 행운을 맞이하면서도 "오늘은 나가지 말아요" 하던 마누라 말이 계속 가슴을 누른다. 집으로 오는 길에 치삼이라는 친구를 만나 선술집에서 한바탕 푸념을 늘어놓는다. 김첨지는 아내를 위해 설렁탕을 사들고 셋집으로 돌아온다. 그러나 이미 숨진 마누라와 빈 젖꼭지를 빨고 있는 개똥이만이 기다리고 있다.

현진건(1900~1943)

대구에서 태어나 일본 도쿄 세이조중학을 졸업하고 중국 후장대에서 수학했다. 1919년 귀국, 1920년 〈개벽〉에 《희생화》를 발표하면서 등단했다. 이듬해 자전적 소설 《빈처》를 발표하면서 문단의 주목을 받았다.

"그것이 어째 없을까?" 아내가 장문을 열고 무엇을 찾더니 입안말로 중얼거린다. "무엇이 없어?" 나는 우두커니 책상머리에 앉아서 책장만 뒤적뒤적하다가 물어보았다. "모번단 저구리가 하나 남았는데……" "……" 나는 그만 묵묵하였다. 《빈처(貧妻)》(1921)

C여학교에서 교원 겸 기숙사 사감(舍監) 노릇을 하는 B 여사라면 딱장대요 독신주의자요 찰진 야소(예수)꾼으로 유명하다. 사십에 가까운 노처녀인 그는 주근깨투성이 얼굴이 처녀다운 맛이란 약에 쓰려도 찾을 수 없을 뿐인가, 시들고 거칠고 마르고 누렇게 뜬 품이 곰팡 슬은 굴비를 생각나게 한다. 《B사감과 러브레터》(1925)

대구에서 서울로 올라오는 차중에서 생긴 일이다. 나는 나와 마주 앉은 그를 매우 흥미 있게 바라보고 또 바라보았다. 《고향》(1926)

뒤에 물러 누운

어둑어둑한 산,

앞으로 폭이

널따랗게 흐르는

검은 강물……

《무녀도》

김 동 리

뒤에 물러 누운 어둑어둑한 산, 앞으로 폭이 널따랗게 흐르는 검은 강물, 산마루로 들판으로 검은 강물 위로 모두 쏟아져 내릴 듯한 파아란 별들, 바야흐로 숨이 고비에 찬 이슥한 밤중이다.

작품《무녀도》

1936년 5월 〈중앙〉에 발표된 단편소설. 1947년 동일한 제목으로 단편집이 나왔고, 1978년 장편《을화(乙火)》로 완전 개작됐다. 김동리의 실제 유년시절 체험을 반영한 작품이다.

'나'의 집에 나그네로 들렀던 벙어리 소녀와 그녀 아버지가 남기고 간 '무녀도'에 대해 전해들은 이야기로 시작된다. 모화는 아름다운 자태와 영험함으로 소문난 무당이다. 경주읍에서 10여 리 떨어진 집성촌 마을의 퇴락한 집에 사는 모화는 굿이 생활의 전부였다. 식구는 남편, 아들 욱이, 딸 낭이가 있다. 남편은 집에서 얼마 떨어지지 않은 곳으로 나가 해물장수를 했고, 욱이는 마을을 떠나 있어 모화와 낭이 둘만 살았다. 낭이는 방에서 그림만 그렸다. 몇 해 동안 소식이 없던 욱이가 어느 날 돌아왔다. 욱이는 기독교에 귀의했고 이를 알게 된 모화는 놀란다. 그때부터 모화는 아들에게 귀신이 붙었다며 주문을 외우기 시작한다. 욱이는 모화에게 마귀가 붙었다고 걱정했다. 어느 날 밤, 욱이는 잠결에 모화가 주문을 외우며 성경책을 불태우는 것을 보고 말리다가 모화의 칼에 찔려 죽는다. 한 달쯤 지난 후 모화는 물에 빠져 죽은 젊은 여인의 혼백을 건지는 굿을 하던 중 물속으로 들어가 사라지고 만다. 모화가 죽은 지 열흘이 지난 후 낭이 아버지는 나귀 한 마리를 몰고 와서 낭이를 태우고 길을 떠난다. 낭이는 사람들에게 무녀의 그림을 그

려주고, 아버지는 낭이에 대한 내력을 얘기한다. 둘은 그 대가를 받으며 정처 없이 떠돌아다닌다.

김동리(1913~1995)

경주에서 태어나 대구 계성중학을 거쳐 서울 경신고보를 중퇴하고 〈시인부락〉 동인으로 활약하며 시를 썼다. 1934년 시 〈백로(白鷺)〉가 조선일보 신춘문예에 입선되면서 데뷔했다. 1935년 조선중앙일보 신춘문예에 단편소설 《화랑의 후예》가, 1936년 동아일보 신춘문예에 단편 《산화(山火)》가 연속 당선되면서 화려하게 등단했다. 1968년 〈월간문학〉을, 1973년 〈한국문학〉을 창간했다. 아세아자유문학상, 예술원상, 3·1문화상, 서울시문화상, 5·16민족문학상 등을 수상했고, 국민훈장동백장과 국민훈장모란장을 받았다.

다른 작품, 다른 첫 문장

황 진사(黃進士)를 처음 알게 된 것은 지난해 가을이었다. 아침을 먹고 등산을 할 양으로 신발을 신노라니 웃방에서 숙부님이 부르셨다. 《화랑의 후예》(1935)

북쪽 하늘에서 기러기가 울고 온다. 가을이 온다. 밤이 되

어도 반딧불이 날지 않고 은하수가 차츰 하늘 한복판으로 흘러내린다. 《바위》(1936)

솔개재(鳶介嶺)에서 금오산(金午山) 쪽으로 뻗쳐내리는 두 산맥이다. 등성이를 벌거벗은 채 십 리, 시오 리씩을 하나는 서북, 또 하나는 동북으로 뛰어내려와서는, 거기 황톳골이라는 조그만 골짝 하나를 낳은 것뿐으로, 그 앞을 흘러가는 냇물을 바라보며, 동네 늙은이들의 입으로 전하는 상룡(傷龍), 또는 쌍룡(雙龍)의 전설을 이룬 그 지리적 결구(結構)는 여기서 끝을 맺는 것이다. 《황토기(黃土記)》(1939)

'화개장터'의 냇물은 길과 함께 세 갈래로 나 있었다. 한 줄기는 전라도 땅 구례 쪽에서 오고 한 줄기는 경상도 쪽 화개협(花開峽)에서 흘러내려, 여기서 합쳐서, 푸른 산과 검은 고목 그림자를 거꾸로 비춘 채, 호수같이 조용히 돌아, 경상·전라 양 도의 경계를 그어주며, 다시 남으로 남으로 흘러내리는 것이, 섬진강 본류였다. 《역마(驛馬)》(1948)

부산집에 들어서면서부터 기차는 바다로 미끄러지지 않

기 위하여 몸을 뒤로 뻗대었다. 초량역에서 본역까지는 거의 한걸음을 재듯 늑장을 부렸다.《밀다원 시대》(1955)

헤르몬과 안티레바논 두 산에서 발원하는 요단 강 물은 동쪽으로 목마른 광야를 끼고, 서쪽으로 '꿀 흐르는 땅' 가나안을 안으며, 북에서 남으로 흘러 '죽음의 바다' 염해(鹽海-死海)에 이른다.《사반의 십자가》(1955)

유엔군 서북 전선이 철수를 개시한 십일월 이십칠팔일 그 무렵, 아직도 북으로 진격을 계속하고 있던 동북 전선 일대는, 바야흐로 휘몰아치는 눈보라 속에 뿌옇게 싸여 있었다.《흥남 철수》(1955)

등신불(等身佛)은 양자강(陽子江) 북쪽에 있는 정원사(淨願寺)의 금불각(金佛閣) 속에 안치되어 있는 불상의 이름이다. 등신금불(等身金佛) 또는 그냥 금불이라고도 불렀다.《등신불》(1961)

일찍이

위대하던 것들은

이제

부패하였다.

《바비도》

김 성 한

일찍이 위대하던 것들은 이제 부패하였다. 사제는 토끼 사냥에 바쁘고 사교는 회개와 순례를 팔아 별장을 샀다.

작품《바비도》

1957년 동인문학상 수상작. 〈사상계〉 1956년 5월호에 발표됐다. 영국의 헨리 5세 시절 재봉직공이었던 바비도에 관한 얘기다. 바비도는 영역(英譯) 복음서 읽기 모임에 참석한 죄로 이단으로 지목된다. 바비도는 성서의 진리를 거역하는 갖가지 독단과 위선에 강한 분노를 느낀다. 현실적 불합리와 부조리에 굴복하지 않고 오히려 종교재판정에 나가 사제의 비리와 교리의 허구성을 공격한다. 결국 자신의 신념을 지키며 사형장으로 향한다. 수많은 군중이 처형 장면을 구경하려고 스미드필드 광장으로 몰려들었다. 헨리 태자(훗날 헨리 5세)는 그의 용기와 지조를 가상히 여겨 신념을 버리면 목숨을 살려주겠다며 회유한다. 그러나 바비도는 제의를 거절하고 당당히 죽음을 선택한다.

김성한(1919~2010)

함남 풍산에서 태어나 일본 도쿄대를 중퇴했다. 1965년 영국 맨체스터대에서 사학을 전공했다. 해방 후 귀국해 서울대, 한국외대 등에서 강의했고, 사상계 주간과 동아일보 편집국장, 논설위원 등을 지냈다. 1950년 서울신문 신춘문예에 단편《무명로(無明路)》가 당선돼 문단에 데뷔했다. 동인문학상, 대한민국예술원상, 동인문학상, 아세아자유문화상, 인촌상, 대한민국예술원상 등을 수상했다.

며칠 전에 교무부장으로 신임한 이광래(李廣徠)는 흰 테 안경 너머로 실내를 휘둘러보았다. 아무리 보아도 시원한 놈은 하나도 없었다. 낫살 먹었다는 교감은 무골충이요, 다른 교원은 대개가 십 전후의 어린애들이었다.《자유인》 (1950)

집에는 등불 하나 없다.《암야행》(1954)

뒷짐을 묶여 어두운 산길을 걷는 창수는 도망 칠 구멍만 찾았다.《골짜구니의 정적》(1954)

프로메테우스가 코카서스의 바윗등에서 녹슨 쇠사슬을 끊은 것은 천사가 도착하기 일 분 전이었다. 이천 년을 두고 비바람을 맞는 동안 그는 모진 고난 속에서 자유를 창조하였다.《오 분간》(1955)

동녘 하늘이 붉게 물들면서 첫 여름의 태양은 서서히 지평선에 나타나기 시작했다.《요하(遼河)》(1991)

무거운 기분의

침체와 한없이

늘어진 생의 권태는

나가지 않은 나의 발길을

남포(南浦)까지 끌어왔다.

《표본실의 청개구리》

무거운 기분의 침체와 한없이 늘어진 생의 권태는 나가지 않은 나의 발길을 남포(南浦)까지 끌어왔다. 귀성한 후, 칠팔개 삭간의 불규칙한 생활은 나의 전신을 해면같이 짓두들겨 놓았을 뿐 아니라 나의 혼백까지 잠식하였다.

원문

묵업은 기분의 침체와 한업시 늘어진 生의 권태는 나가지 안는 나의 발길을 南浦까지 끌어 왓다. 귀성한 후, 7, 8개 朔間의 불규칙한 생활은 나의 전신을 海綿가티 짓두들겨 노핫슬 뿐 아니라 나의 혼백까지 잠식하얏다.

작품《표본실의 청개구리》

1921년 〈개벽〉 14호에 발표한 작품.

우울한 기분과 권태로운 생활에 지친 '나'에게 자꾸 중학교 시절, 개구리 사지(四肢)가 핀에 꽂혀 자빠져 있던 광경이 떠오른다. 친구 H와 함께 평양 근교의 남포에 갔다. 그곳에서 친구 Y의 소개로 정신이 약간 돈 듯한 김창억을 만난다. 김창억은 원래 남포 굴지의 객주집에서 태어나 신동으로 불렸다고 한다. 김창억은 제1차 세계대전 후 세계는 물질만능의 참상에 빠져 있다고 생각하고, 그러한 혼란과 참상에서 세계를 구하려면 동·서양이 서로 친목하면서 인간다운 삶의 대의를 회복해야 한다고 주장했다. 김창억은 일종의 영감에 사로잡혀 하나님의 명령에 따라 세계 평화를 위한 모임을 조직한다고 했다. 남포를 다녀온 지 두 달쯤 되던 어느 날, 김창억이 집에 불을 지른 후 어디론가 떠나버렸다고 전하는 Y의 편지가 왔다. 그 후 김창억의 행방을 아는 이는 한 명도 없었다. 나중에 보니 그는 평양에 있었다. 평양에는 김창억 후처의 친정이 있었다. 아무도 그가 거기에 있으리라고는 생각하지 못했다. 김창억은 짚더미 속에서 걸식하면서 생활하고 있었고, 아무도 그가 김창억인지 몰랐다.

염상섭(1897~1963)

서울에서 태어나 보성소학교, 일본 게이오대 문학부에서 수학했다. 1921년 〈개벽〉에 《표본실의 청개구리》를 발표하며 문단에 데뷔했다. 이후 《암야》, 《제야》, 《전화》, 《만세전》 등을 통해 근대 중편소설의 초석을 닦았다. 1931년 조선일보 학예부장 재직 중에 장편소설 《삼대》를 연재했다. 예술원 창설과 동시에 종신 회원으로 추대됐으며, 서라벌예대 초대 학장을 지냈다. 서울시 문화상, 아세아자유문학상, 예술원공로상, 3·1문화상 등을 받았다.

다른 작품, 다른 첫 문장

조선에 '만세'가 일어나던 전 해 겨울이다. 《만세전(萬歲傳)》

(〈신생활〉 7호(1922.7)에 '묘지'라는 제목으로 연재됐다가 이후 개작돼 1948년 재발간)

덕기는 안마루에서 내일 가지고 갈 새 금침을 아범을 시켜서 꾸리게 하고 축대 위에 섰으려니까 사랑에서 조부가 뒷짐을 지고 들어오며 덕기를 보고, "얘, 누가 찾아왔나 보다. 그 누구냐? 대가리 꼴하고…… 친구를 잘 사귀어야 하는 거야. 《삼대(三代)》(1931)

금강(錦江)…

이 강은

지도를 펴놓고 앉아

가만히 들여다보노라면, ……

《탁류》

채 만 식

금강(錦江)···

이 강은 지도를 펴놓고 앉아 가만히 들여다보노라면,
물줄기가 중동께서 남북으로 납작하니 째져가지고는—
한강(漢江)이나 영산강(榮山江)도 그렇기는 하지만— 그것이
아주 재미있게 벌어져 있음을 알 수 있다.

작품《탁류(濁流)》

조선일보에 연재한 장편소설(1937. 12~1938. 5).

군산에 미두(米豆)라는 투기가 성하던 때, 정주사는 미두에 빠져 가산을 탕진한다. 정주사의 딸 초봉은 예쁜 용모로 뭇 남자들의 시선을 한몸에 받았다. 제중당 주인 박재호, 호색가인 은행원 고태수, 동정심으로 연모하는 금호병원 조수인 남승재 등이 초봉을 탐낸다. 미두로 재산을 거의 탕진한 고태수는 곱사등이 형보를 이용해 초봉과 혼인한다. 그러나 고태수는 간통을 하다가 정부와 함께 맞아 죽고, 초봉은 형보와 재호에게 겁탈당한 후 형보와 살게 된다. 모든 불행이 형보의 간계 때문임을 알게 된 초봉은 형보를 죽인다. 초봉은 동생 계봉과 계봉의 연인이 된 남승재의 권유로 자수하고 감옥에 간다.

채만식(1902~1950)

전북 옥구군에서 태어나 중앙고보를 졸업했다. 일본 와세다대 영문과를 중퇴하고, 동아일보, 조선일보. 개벽사 기자를 지냈다. 1925년 단편소설《세 길로》가 〈조선문단〉에 추천되면서 문단에 데뷔했다. 특히, 1930년대에 많은 작품을 발표했다. 1933년 조선일보에 장편《인형의 집을 찾아서》를 연재하면서 창작활동에 집중했다.

"머 어데 빈자리가 있어야지." K사장은 안락의자에 푹신 파묻힌 몸을 뒤로 벌떡 젖히며 하품을 하듯이 시원찮게 대답을 한다.《레디 메이드 인생》(1934)

사립 소학교 교원인 영섭은 항상 '고결한 정신'을 주장 하고 또 자기는 그렇게 살고 있다고 자부하는 사람이다. 《이런 남매》(1937)

종택은 어떤 잡지의 녹녹잖은 소장 집필자 생활에서 물 러서고 말았다. 일제 말기 쇠뿔을 바로잡다가 본즉 말승 냥이가 되더라는 식의 이유에서였다.《패배자의 무덤》(1939)

이 소설에서 '나'는 박상근이란 인물이다. 나는 20년 동 안이나 하숙으로만 떠돌아다닌 떠돌이 인생이다.《해후(邂 逅)》(1941)

문태석은 요 며칠 이래로 바짝 더 집이 싫어졌다. 집을 생 각하면 싫어질 수밖에 없는 그런 환경이었다.《돼지》(1948)

"호······"

새로 사온 것이라

동파에서는

아직 석유내도

나지 않는다.

《까마귀》

"호……"

새로 사온 것이라 등피에서는 아직 석유내도 나지 않는다. 닦을 것도 별로 없지만 전에 하던 버릇으로 그렇게 입김부터 불어 가지고 으스름해진 하늘에 비춰 보았다. 등피는 과민하게도 대뜸 뽀얗게 흐려지고 만다.

작품《까마귀》

1936년 〈조광〉 1월호에 발표한 단편소설.

'그'는 괴벽한 문체를 고집하는 작가다. 독자에게 인기가 없어 늘 궁핍하다. 한 달에 20원 남짓 하는 하숙생활도 힘겨워 친구의 시골 별장을 빌려 겨울을 나기로 한다. 별장 주변 나무에는 까마귀들이 날아와 둥지를 튼다. 어느 날 아침에 정원을 산책하는 젊은 여자를 발견한다. 이튿날 그가 작가인 줄 알게 된 여자가 애독자라며 말을 걸어온다. 몇 번의 만남으로 여자에게 호감을 갖게 된다. 그녀는 폐병 치료를 위해 요양차 이 곳에 왔다고 했다. 그는 그녀에게 삶에 대한 희망을 불어넣어주고 싶었다. 그녀는 병적으로 까마귀 울음소리를 싫어했다. 이는 까마귀 울음소리가 자신의 죽음을 재촉하는 것처럼 느껴졌기 때문이었다. 그는 까마귀 뱃속에 귀신이나 부적 따위가 들어 있지 않음을 그녀에게 확인시켜주고 싶어 까마귀를 잡은 후, 정자지기를 시켜 죽은 까마귀를 단풍나무 가지에 걸어 두게 한다. 그런데 날씨가 추워지고 한 달이 넘게 지나도 그녀는 나타나지 않는다. 함박눈이 내리는 어느 날 오후, 그는 개울 건너편 넓은 마당에 금빛 영구차가 서 있는 것을 발견한다. 영구차는 조용히 떠나고, 까마귀들은 그날 저녁에도 여전히 울어댄다.

이태준(1904~ ?)

강원 철원에서 태어나 철원 봉명학교를 거쳐 휘문고보에 입학
했으나 동맹휴교를 주도해 퇴학당했다. 일본 조오치대를 다
니다 중퇴했다. 1946년 월북한 후 행적은 자세히 알려지지 않
았다.

다른 작품, 다른 첫 문장

성북동(城北洞)으로 이사 나와서 한 대엿새 되었을까. 그
날 밤 나는 보던 신문을 머리맡에 밀어던지고 누워 새삼
스럽게, "여기도 정말 시골이로군!" 하였다. 《달밤》(1933)

다락에는 제일강산(第一江山)이라, 부벽루(浮碧樓)라, 빛
낡은 편액(扁額)들이 걸려 있을 뿐, 새 한 마리 앉아 있지
않았다. 《패강랭(浿江冷)》(1938)

월미도(月尾島) 끝에 물에다 지어 놓은, 용궁각인가 수궁
각인가는 오늘도 운무에 잠겨 보이지 않는다. 벌써 열나
흘째 줄곧 그치지 않는 비다. 《밤길》(1940)

빡 제 가

되어 버린

천채 를 아시오 ?

《날개》

이 상

'박제가 되어 버린 천재'를 아시오?

나는 유쾌하오. 이런 때 연애까지가 유쾌하오.

원문

「剝製가되어버린天才」를 아시오?

나는 愉快하오. 이런때 戀愛 까지가 愉快하오.

작품 《날개》

1936년 9월 〈조광〉에 발표됐다.

'나'는 지식 청년으로, 놀거나 밤낮없이 잠을 자면서 아내에게 사육된다. 오직 한 번 아내를 차지해본 이외에 단 한 번도 아내의 남편이었던 적이 없다. 아내는 자신의 매음 행위에 거추장스러운 '나'를 볕 안 드는 방에서 나오지 못하도록 수면제를 먹였다. '나'를 죽음으로 몰았을지도 모를 수면제를 한꺼번에 6알을 먹였다. '나'는 1주일을 자고 깨어난다. 아내에 대한 의혹을 미안해하며 사죄하려던 '나'는 아내의 매음 현장을 목도한다. 도망쳐 나온 '나'는 미스꼬시 옥상에서 스물여섯 해의 과거를 회상한다. 이때 정오의 사이렌이 울리고 '나'는 "날개야 다시 돋아라. 날자. 날자. 날자. 한 번만 더 날자꾸나. 한 번만 더 날아보자꾸나"(《날개》의 마지막 문장)라고 외치고 싶어진다.

이상(1910~1937)

본명 김해경. 서울에서 태어나 동광학교(뒤에 보성고등보통학교에 병합)를 거쳐 경성고등공업학교에 다녔다. 재학 중 회람지 〈난파선〉의 편집을 주도하면서 시를 발표했다. 1928년 졸업 앨범에서 '이상'이라는 필명을 처음 사용했다. 졸업 후 1929년 조선총독부 건축과에서 일하면서 조선건축회지 〈조선과 건축〉의 표지도안 현상 모집에 당선됐다. 1930년 〈조선〉에 처녀작 《12월

12일》을 발표하면서 문단에 데뷔했다. 마담 금홍과 종로에 다방 '제비'를 운영하면서 많은 문인과 교류했다. 조선중앙일보에 연작시 〈오감도(烏瞰圖)〉를 연재하다가 독자들의 거센 항의로 연재를 중단하기도 했다. 《날개》를 발표하며 문단의 총아로 떠올랐다. 1937년 일본 경찰에 체포돼 구속 중 건강 악화로 풀려났으나 28살의 나이로 그 해 4월 도쿄대 부속병원에서 폐결핵으로 세상을 떠났다.

다른 작품, 다른 첫 문장

13인의 아해가 도로로 질주하오.(길은 막다른 골목이 적당하오.) (원문: 十三人의兒孩가道路로疾走하오.(길은막달은골목이適當하오). 《오감도(烏瞰圖)》(1934)

스물세 살이오, 삼월이오, 각혈이다. 여섯 달 잘 기른 수염을 하루 면도칼로 다듬어 코밑에다만 나비만큼 남겨가지고 약한 재 지어 들고 B라는 신개지(新開地) 한적한 온천으로 갔다. 게서 나는 죽어도 좋았다. 《봉별기(逢別記)》(1936)

어서─차라리─어둬 버리기나 했으면 좋겠는데─벽촌의 여름날은 지루해서 죽겠을 만치 길다. 《권태(倦怠)》(1937)

국내 3대 문학상
수상작의 첫 문장

───────

이상문학상

·

동인문학상

·

현대문학상

이상문학상

문학사상사가 1977년에 이상의 작가정신을 계승하고 한국 소설의
발전을 위해 제정한 문학상. 수상작 발표 시기는 매년 1월.

*1회 1977년 김승옥 《서울의 달빛 0장》
*2회 1978년 이청준 《잔인한 도시》

3회 1979년 오정희(1947~),《저녁의 게임》
꼭 내장까지 들여다보이는 것 같잖아. 밥물이 끓어 넘친 자국을 처음에는 젖은 행주
로, 다음에는 마른 행주로 꼼꼼히 문지르며 나는 새삼 마루와 부엌을 훤히 튼, 소위
입식(立式) 구조라는 것을 원망하는 시늉으로 등을 보이는 불안을 무마하려 애썼다.

4회 1980년 유재용(1936~2009),《관계》
나만큼 일자리를 많이 옮겨 다닌 사람도 드물 것이다. 열 손가락과 열 발가락을 합해
가지고도 그 수를 다 헤아릴 수가 없을 지경이니 말이다.

*5회 1981년 박완서 《엄마의 말뚝·2》
*6회 1982년 최인호 《깊고 푸른 밤》

7회 1983년 서영은(1943~),《먼 그대》
먼지 낀 유리창 너머로 바람이 세차게 몰아치고 있는 거리를 차분히 내다보며, 문자는
장갑을 한 짝 또 한 짝 끼었다.

8회 1984년 이균영(1951~1996), 《어두운 기억의 저편》
눈을 뜨자 그는 벌떡 자리에서 일어났다. 아무것도 보이지 않았다. 그는 벽을 더듬거려 겨우 문 옆에 붙은 스위치를 찾아냈다.

9회 1985년 이제하(1937~), 《나그네는 길에서도 쉬지 않는다》
계해년(癸亥:1983)이 저물던 12월 중순 해질 무렵에 있었던 일이다. 물치 삼거리에 잠깐 선 속초 시내버스에서 몇 사람이 내렸다.

10회 1986년 최일남(1932~), 《흐르는 북》
"나가시게요?" 일당을 주고 불러 온 요리 전문의 파출부와 함께 오렌지빛 고무장갑을 낀 채 잰걸음으로 주방 안을 헤엄쳐 다니던 며느리는, 현관 앞에서 구두를 찾고 있는 민 노인 쪽을 향해 빠르지도 처지지도 않게 말했다.

*11회 1987년 이문열 《우리들의 일그러진 영웅》
*12회 1988년 임철우 《붉은 방》, * 한승원 《해변의 길손》

13회 1989년 김채원(1946~), 《겨울의 환(幻)》
언젠가 당신은 제게 나이들어가는 여자의 떨림을 한번 써보라고 말하셨습니다. 저는 그 얘기를 지나쳐들었습니다, 라기보다 글이라고는 편지와 일기 정도밖에 써보지 못한 제가 어떻게 그런 것을 쓸 수 있을까 두려운 마음이 앞섰습니다.

*14회 1990년 김원일 《마음의 감옥》

15회 1991년 조성기(1951~), 《우리 시대의 소설가》
이곳은 소설가가 살 만한 동네가 아니다. 그렇다고 소설가 강만우(姜萬祐) 씨는 다른 곳으로 옮기는 문제를 진지하게 생각해본 적도 없다.

*16회 1992년 양귀자 《숨은 꽃》

17회 1993년 최수철(1958~), 《얼음의 도가니》

나는 저 멀리 건물들 한쪽 옆으로 펼쳐져 있는 눈 덮인 들판과 그 뒤쪽의 흰 산자락을 바라보며 홀로 서 있었다. 내 바로 앞에는 인조목으로 된 긴 의자가 하나 놓여 있었다.

18회 1994년 최윤(1953~), 《하나코는 없다》

폭풍이 이는 날에는 수로의 난간에 가까이 가는 것을 금하라. 그리고 안개, 특히 겨울 안개에 조심하라……그리고 미로 속으로 들어가라.

19회 1995년 윤후명(1946~), 《하얀 배》

카자흐스탄-알마아타, 우즈베키스탄-타슈켄트, 키르기즈스탄-비슈켁, 타지키스탄-두 샨베. 키르기즈스탄-비슈켁, 타지키스탄-두샨베. 나는 사이프러스나무 아래 녹슨 철 제 의자에 걸터앉아 중학교 때 지리 시간을 떠올리며 낯선 나라와 그 수도의 이름들을 무슨 암호를 외듯 몇 번이고 되뇌어 보았다.

*20회 1996년 윤대녕 《천지간》

21회 1997년 김지원(1942~2013), 《사랑의 예감》

"우섭 씨가 숲에 들어가서 별을 꼭 봐야 되겠다고 해서 차에서 내려 모두 걸어갔다. 우 섭 씨는 별이라면 미친다. 네바다에서 별똥별 조각을 40불 주고 샀다고 보여주는데 그 냥 돌멩이더라. 크기는 엄지손톱만한 게 글쎄 40불이래."

*22회 1998년 은희경 《아내의 상자》

23회 1999년 박상우(1958~), 《내 마음의 옥탑방》

나의 기억 속에는 세월이 흘러도 불이 꺼지지 않는 자그마한 방 한 칸이 있다. 내 나이

스물여덟이었을 때, 나는 삼층 건물의 옥상에 위치한 그것을 처음 목격했었다.

24회 2000년 이인화(1966~), 《시인의 별》

안현(安顯)은 고려 충렬왕 때 사람이다. 일찍 아버지를 여의고 승천부(경기도 개풍)에서
홀어머니의 손에 컸다.

*25회 2001년 신경숙 《부석사》

26회 2002년 권지예(1960~), 《뱀장어 스튜》

뱀장어 스튜(La matelote d'anguiles). 마지막 페이지에 나온 그림의 제목이다. 그러나 나
는 한동안 화집을 덮지 못하고 있다.

27회 2003년 김인숙(1963~), 《바다와 나비》

한국으로 떠나게 되었다고, 인사를 하고 싶었다는 채금의 전화는 오후 1시쯤에 걸려왔
다. 동네의 꽃가게에서 작은 화분을 하나 사가지고 막 들어왔을 때였다.

*28회 2004년 김훈 《화장》
*29회 2005년 한강 《몽고반점》

30회 2006년 정미경(1960~2017), 《밤이여, 나뉘어라》

부우우우. 뱃고동 소리는 미세한 입자로 흩어지며 아침 안개와 섞인다. 습기를 머금어
비릿해진 그 소리가 살갗으로 스민다. 들숨을 쉴 때마다 속이 울렁거린다.

*31회 2007년 전경린 《천사는 여기 머문다》

32회 2008년 권여선(1965~), 《사랑을 믿다》

동네에 단골 술집이 생긴다는 건 일상생활에는 재앙일지 몰라도 기억에 대해서는 한

없는 축복이다.

*33회 2009년 김연수《산책하는 이들의 다섯 가지 즐거움》

34회 2010년 박민규(1968~),《아침의 문》
모택동은 말했다. 혁명은 결코 우아함과 예의 따위와는 어울릴 수 없는 것이라고. 모택동이 누군지는 몰라도 순간 고개가 끄덕여지는 말이다.

*35회 2011년 공지영《맨발로 글목을 돌다》

36회 2012년 김영하(1968~),《옥수수와 나》
한 정신병원에 철석같이 스스로를 옥수수라 믿는 남자가 있었다. 오랜 치료와 상담을 통해 자신이 옥수수가 아니라는 것을 겨우 납득한 이 환자는 의사의 판단에 따라 귀가 조치되었다. 그러나 며칠 되지도 않아 혼비백산 병원으로 되돌아왔다.

*37회 2013년 김애란《침묵의 미래》

38회 2014년 편혜영(1972~),《몬순》
단전은 두 시간 동안이라고 했다. 밤 여덟 시부터 열 시까지. 지난 여름 아파트 전기설비에 문제가 드러났다. 태풍이 닥쳤고 불시에 정전이 되었다.

39회 2015년 김숨(1974~),《뿌리이야기》
뿌리마다 특유의 냄새가 있어. 당신 겨드랑이처럼 습진 땅에 내려 물기를 흠씬 머금은 뿌리일수록 냄새가 짙고 깊지. 침묵하게 하는 냄새가 나.

40회 2016년 김경욱(1971~),《천국의 문》
아버지가 오늘 밤을 넘기지 못할 것 같다는 기별을 들었을 때 여자가 가장 먼저 한 일은 화장을 고치는 것이었다. 핏기 없는 얼굴을 감추기 위해 바른 핑크색 아이섀도와 볼터치를 지우고 비비크림을 꼼꼼히 덧발랐다.

*41회 2017년 구효서(1957~), 《풍경소리》

동인문학상

김동인의 문학을 기념하기 위해 제정된 문학상. 사상계사가 1955년
에 제정했으며, 동서문화사가 1979년부터, 조선일보사가 1987년부
터 주최하고 있다. 수상작 발표 시기는 매년 10월.

*1회 1956년 김성한 《바비도》

2회 1957년 선우휘(1922~1986), 《불꽃》
산과 산. 또 산. 이어간 산줄기와 굽이치는 골짜구니. 영겁의 정적. 멀리서 보면 북에
서 남으로 흐르는 이 골짜구니가 마치 푸른 모포를 드리운 것같이 부드러운 빛깔로
보였다.

3회 1958년 오상원(1930~1985), 《모반》
4279년 늦가을, 해방 만 일 년의 환희가 혼돈된 갈등 속에 기울어져 가던 어느 날 저
녁 – 커다란 벽보가 신문사 게시판마다 나붙고, 가는 곳마다 커다랗게 쓴 먹글씨 위에
수없이 줄을 긋고 내려간 붉은 잉크의 무질서한 자국이 시민들의 시선을 사로잡고 있
었다.

4회 1959년 손창섭(1922~2010), 《잉여인간(剩餘人間)》
만기치과의원(萬基齒科醫院)에는 원장인 서만기 씨와 간호원 홍인숙 양 외에도 거의
날마다 출근하다시피하는 사람 둘이 있다. 그 한 사람은 비분강개파(悲憤慷慨派) 채익
준 씨요, 다른 한 사람은 실의의 인간 천봉우 씨다.

5회 1960년 당선 후보작

이범선(1920~1982), 《오발탄(誤發彈)》

계리사(計理士) 사무실 서기 송철호(宋哲浩)는 여섯 시가 넘도록 사무실 한구석 자기 자리에 멍청하니 앉아 있었다. 무슨 미진한 사무가 있는 것도 아니었다.

서기원(1930~2005), 《이 성숙한 밤의 포옹》

늙은 기관차는 유리창 너머 성하지 못한 객차들을 폐물이 되어 버린 혁대처럼 주체스럽게 달고 고개를 기어 올라갔다. 기관차의 심장은 차라리 터져 버리기엔 너무도 노쇠했다.

6회 1961년 남정현(1933~), 《너는 뭐야》

아무리 그렇긴 하더라도 똥만은 좀 변소에 가서 싸시는 편이 좋겠다고 또 한번 다짐해 보는 관수(寬洙)였다.

7회 1962년

전광용(1919~1988), 《꺼삐딴 리》

수술실에서 나온 이인국(李仁國) 박사는 응접실 소파에 파묻히듯이 깊숙이 기대어 앉았다. 그는 백금 무테 안경을 벗어 들고 이마의 땀을 닦았다.

이호철(1932~2016), 《닳아지는 살들》

오월의 어느 날 저녁이었다. 맏딸이 또 밤 열두 시에 돌아온대서 벌써부터 기다리고들 있었다.

8회 1964년 당선작 없음

9회 1965년 송병수(1932~2009), 《잔해》

삼천 피이트의 고도(高度). 김진호(金鎭浩) 중위는 지상으로 급강하(急降下)하고 있었다.

차디찬 영하(零下)의 암흑 속을 급강하하며 그는 다급히 립프·코오드를 잡아당겼다.

*10회 1966년 김승옥 《서울, 1964년 겨울》
*11회 1967년 최인훈 《웃음소리》
*12회 1968년 이청준 《병신과 머저리》
*13회 1979년 조세희 《난장이가 쏘아올린 작은 공》

14회 1980년 전상국(1940~), 《우리들의 날개》
내가 국민학교 2학년 때 두호가 태어났다. 여덟 살 터울의 동생을 본 것이다. 두호의 출생은 우리 식구들뿐만 아니라 가깝고 먼 친척은 물론 이웃 사람들까지 떠들썩하게 했다.

*15회 1982년 이문열 《금시조(金翅鳥)》
 15회 1982년 오정희(1947~), 《동경(銅鏡)》
아내가 커다란 함지에 밀가루를 쏟아 붓는 것을 보고 그는 식사 전의 산책을 위해 집을 나섰다. 두어 발짝 옮겨 놓을 즈음 그는 언덕길로부터 자전거를 타고 달려오는 이웃집 계집아이를 보았다.

*16회 1985년 김원일 《환멸을 찾아서》

17회 1986년 정소성(1944~), 《아테네 가는 배》
기차가 브린디지에 이르렀을 때에는 벌써 짙은 어둠이 내려 있었다. 브린디지는 장화 같이 생긴 이탈리아 반도의 발뒤꿈치쯤에 자리한 항구 도시이다.

18회 1987년 유재용(1936~2009), 《어제 울린 총소리》
그날 조한세 노인이 잠에서 깨어났을 때 방 안에는 아침 햇살이 가득 들어차 있었다. 동향이어서 일찍 밝는 방이기는 했지만, 떠오른 해가 빛살을 뿜어 방 안을 가득 채우도록 아침잠을 자보기는 오랜만이었다.

19회 1988년 박영한(1947~2006), 《지옥에서 보낸 한철》

그날 새벽에도 나는 뒤란에 가득한 새소리로 하여 잠에서 깨어났다. 그 즈음 번번이 새벽잠을 깨우곤 하던 새들의 우짖음 소리는 마치 주름이 많이 잡힌 화사한 커튼이 젖혀지면서 난데없이 한아름 가득 쏟아져 들어오는 아침 햇살을 마주한 때마냥 눈이 부시고 이 따금씩은 두근두근 가슴마저 설레게 하기 일쑤였다.

20회 1989년 김문수(1939~2012), 《만취당기(晚翠堂記)》

그믐밤이긴 했으나 양옆으로 논밭을 거느린 곧은 2차선의 포장도로였으므로 그럭저럭 길을 죽일 만은 했다.

21회 1990년 김향숙(1951~), 《안개의 덫》

"지 나이에 어울리지 않는 짓거리만 골라서 하는 꼴이라니." 아버지는 쯧 혀를 찼다. 방문 언저리를 혼자 맴 돌며 딱지치기를 하던 소년은 아버지를 흰 눈으로 쳐다본다.

22회 1991년 김원우(1947~), 《방황하는 내국인》

노조가 들썩거리는 작금의 시류에 건짜증을 일구는 사람도 있는 모양이지만, 어영부영 득을 보는 비노조원도 없지는 않을 터인데 장근오가 바로 그 수혜자였다.

23회 1992년 최윤(1953~), 《회색 눈사람》

거의 이십 년 전의 그 시기가 조명 속의 무대처럼 환하게 떠올랐다. 그 시기를 연상할 때면 내 머릿속은 온통 청록색으로 뒤덮인 어두운 구도가 잡힌다.

24회 1993년 송기원(1947~), 《아름다운 얼굴》

좀 엉뚱하지만 나는 아름다움에 대해서 이야기하고 싶다. 누군가는 이 서두만을 대하고도, 원, 나이가 얼만데 아직까지 아름다움 운운한담, 하고 얼핏 눈살을 찌푸릴지도 모르지만, 나 자신으로서는 그런 오해를 무릅쓸 수밖에는 다른 도리가 없다.

*25회 1994년 박완서 《나의 가장 나종 지니인 것》

26회 1995년 정찬(1953~), 《슬픔의 노래》
폴란드 남부 슐레지엔 지방에 카토비체라는 도시가 있다. 철도의 간선이 교차하는 교통의 요지이자 중공업 도시인 카토비체는 1980년 자유노조 운동이 일어났을 때 남부의 거점이 되었다.

*27회 1996년 이순원 《수색, 어머니 가슴 속으로 흐르는 무늬》
*28회 1997년 신경숙 《그는 언제 오는가》

29회 1998년 이윤기(1947~2010), 《숨은 그림 찾기 1》
찾아본 데 있는 것은 어쩌나? 잃어버린 것을 찾아 뒷짐질할 때마다 마음에 묻어드는 이 섬뜩한 두려움.

30회 1999년 하성란(1967~), 《곰팡이 꽃》
5층 아래로 내려다보이는 놀이터는 빗물이 고여 작은 웅덩이 같다. 이틀 전 내린 폭우로 놀이터 곳곳에는 채 빠지지 않은 흙탕물이 고여 있다.

*31회 2000년 이문구 《내 몸은 너무 오래 서 있거나 걸어왔다》
*32회 2001년 김훈 《칼의 노래》

33회 2002년 성석제(1960~), 《황만근은 이렇게 말했다》
황만근이 없어졌다. 새벽에 혼자 경운기를 타고 집을 나간 황만근은 늘 들일을 나가면 돌아오는 시각인 저물녘에 돌아오지 않았다.

*34회 2003년 김연수 《내가 아직 아이였을 때》

35회 2004년 김영하(1968~), 《검은 꽃》
물풀들로 흐느적거리는 늪에 고개를 처박은 이정의 눈앞엔 너무나 많은 것들이 한꺼
번에 몰려들었다. 오래 전에 잊었다고 생각한 제물포의 풍경이었다.

36회 2005년 권지예(1960~), 《꽃게 무덤》
아이보리색 버티컬 블라인드 위로 창밖의 목련나무 가지 그림자가 바람에 흔들거리고
있다. 바람이 건들건들, 불 때면 그림자는 짙은 먹빛으로 가까이 다가온다.

37회 2006년 이혜경(1960~), 《틈새》
고장은 별거 아니었다. 냉동실은 괜찮은데 냉장실이 영 그러네요. 너무 오래 써서 그런
가봐요. 그녀의 말에는 목돈을 들여 새로 사야 하는 건 아닌가 하는 우려가 뉘엿거렸다.

*38회 2007년 은희경 《아름다움이 나를 멸시한다》

39회 2008년 조경란(1969~), 《풍선을 샀어》
어느 날 나는 한 남자가 쓰고 있는 라이방에 비친 내 모습을 보았다. 볼록 거울에 비친
것처럼 머리만 커다란, 작고 초라해 보이는 한 여자가 거기 있었다.

40회 2009년 김경욱(1971~), 《위험한 독서》
오늘 당신은 바쁘다. 당신의 안부를 궁금해하는 방문자들의 사교적인 글에 댓글 한
줄 남기지 못할 정도로 바쁘다.

41회 2010년 김인숙(1963~), 《안녕, 엘레나》
가을에 여행을 떠나는 친구에게 내 자매를 찾아달라고 부탁했다. 큰 나무가 서 있는
홍대 앞의 노천까페에서였다.

42회 2011년 편혜영(1972~), 《저녁의 구애》

화환을 주문한 사람은 김의 친구였다. 김이 그를 마지막으로 본 것은 벌써 십 년도 더 전의 일이었다.

43회 2012년 정영문(1965~), 《어떤 작위의 세계》

아침에 테라스에서 식사를 하며 내가 개구리 얘기를 하자 리처드는 그것들이 태평양 나무 개구리로 그곳 토종이라고 했다. 그런데 미국 동남부가 원산지인 황소개구리들 이 그 일대에서도 빠르게 번식해 토종 개구리들의 숫자가 많이 줄었다고 했다.

44회 2013년 이승우(1959~), 《지상의 노래》

천산 수도원의 벽서(壁書)는 우연한 경로를 통해 세상에 알려졌다. 그 벽서에 의지가 있다면 결코 그렇게 알려지길 원하지 않았을 거라는 뜻에서 하는 말이지만, 그렇게 알 려지는 것이 그 벽서의 운명이었다고 말하지 못할 이유도 없다.

*45회 2014년 구효서 《별명의 달인》

46회 2015년 김중혁(1971~), 《가짜 팔로 하는 포옹》

지그소 퍼즐만 보면 이제 아주 신물이 난다. 규호는 오른쪽 다리를 왼쪽 허벅지 위에 다 올려놓으며 약간 거들먹거리는 듯한 기분으로, 혼잣말을 하는 것처럼 정윤에게 말 했다.

47회 2016년 권여선(1965~), 《안녕 주정뱅이》

"산다는 게 참 끔찍하다. 그렇지 않니?" 영선은 이렇게 말하고 영미를 돌아보았다. 영 미는 운전대를 잡고 눈을 가늘게 뜬 채 앞만 바라보고 있었다.

현대문학상

현대문학사가 1955년에 작가들의 창작 의욕을 고취시키고 한국문학의 질적 발전을 도모하기 위해 제정한 문학상. 수상작 발표 시기는 매년 11월.

1회 1956년 손창섭(1922~2010)

날이 어두워서야 달수는 집으로 돌아오는 것이었다. 물론 그곳은 자기네 집이 아니다. 규홍이가 임시로 들어 있는 집이었다. 《혈서》

동굴 속같이만 느껴지는 방이다. 그래도 송장보다는 좀 나은 인간이 십여 명이나 무릎을 맞대고들 앉아 있는 것이다. 《인간동물원초(抄)》

아무리 궁리해보아도 나는 집을 떠나야만 할까 보다. 그것만이 우선 나에게 있어서 하나의 해결일 듯싶게 생각되는 것이다. 《미해결의 장》

2회 1957년 김광식(1921~2002), 《213호 주택》

퇴근 시간, 오후 다섯 시를 지난 서울의 거리. 종로, 을지로, 세종로, 남대문로, 소공동, 명동의 거리, 오가는 남녀노소의 물결에는 긴장이 풀린 호흡이 흐른다.

*3회 1958년 박경리 《불신시대》《영주와 고양이》

4회 1959년 이범선(1920~1982)

파도소리가 베개를 때린다. 좀처럼 잠이 오지 않는다. 여느 날 같으면 벌써 나갔을 전등이 그대로 들어와 있다. 아마 이 포구에 또 무슨 일이 생겼나 보다. 기쁜 일이나 그렇지 않으면 슬픈 일이. 《갈매기》

잠이 깨었다. 하나도 기억할 수는 없으나 어쨌든 지독한 악몽(惡夢)이었다. 팔목시계 바늘이 두 시 좀 넘은 데서 겹쳤다. 전신에 도한(盜汗)이 흘렀다. 《사망보류》

5회 1960년 서기원(1930~2005), 《오늘과 내일》 외

1951년 정월, 서울을 두 번째 점령한 공산군은 얼어붙은 한강을 건너 남하해서 오산으로부터 충청북도 D읍, 그리고 삼척을 연결하는 선까지 진출했다. 중공군의 대거 침입으로 후퇴를 거듭하던 국련군은 적의 핵심 세력을 오산 부근에서 저지시키면서 반격의 태세를 갖추고 있었다. 《오늘과 내일》

6회 1961년 오유권(1928~1999), 《이역(異域)의 산장(山莊)》

눈보라가 휘날리는 황토산이었다. 핫바지바람에 머리를 흩날리며 저편 고개에서 달려오는 노인이 있었다.

7회 1962년 이호철(1932~2016), 《판문점》

새벽녘에는 빗방울이 들었으나 어느새 구름으로 꽉 덮였던 하늘의 이 구석 저 구석이 뚫리며 비도 멎고 스름스름 개기 시작했다. 그렇다고 쨍하게 맑은 날씨로 활짝 개어오른 것은 아니고 적당히 구름이 끼고 바람이 불며 꾸물거리는 변덕스러운 날씨로 변했다.

8회 1963년 권태웅(1934~), 《가주인산조(假主人散調)》

나를 버리고 도망간 아현동 색시의 체취는 사흘이 지나도록 나의 침대 시트에서 가시지 않았다. 시트의 섬유 가락마다 깊숙이 뿌리를 박고 파고든 이 완강하고도 느꺼운 향내.

9회 1964년 한말숙(1931~), 《광대 김 선생》 외

준(俊)은 부엌으로 가는 초인종을 두 번 누르고 의자에서 일어섰다. 책상 위에 반쯤 놓여 있던 오선지(五線紙) 한 장이 양탄자 위로 떨어졌다. 《광대 김 선생》

10회 1965년 이문희(1933~1990), 《흑맥(墨麥)》

갈월동 곰보네 술집엔 이제 숭어패 일당들만 남았다. 다른 손님들이 모두 그들의 기승에 쫓겨 슬금슬금 자리를 피해 나가버린 것이다.

11회 1966년 이광숙(1919~?), 《탁자의 위치》 외

태양이 비치는 오후! 그런 날의 오후면 이 이층방에는 서남으로 트인 유리창으로부터 한줄기의 거므스름한 전신주 그림자가 스며들게 마련이다. 《탁자의 위치》

12회 1967년 최상규(1934~1994)

닫혀진 유리창을 통하여 노오란 빛다발이 비스듬히 쏟아져내리고 있다. 수억 만 개의 먼지알들이 그 속에서 난무하고 있었다. 《하오(下午)의 순유(巡遊)》

그것은 어디에서나 있을 수 있는 일이다. 시외버스 정류장이나 도매시장 변두리, 서울역전이나 정기화물 운수사 앞이나……. 《한춘무사(寒春無事)》

13회 1968년 정을병(1934~2009), 《아테나이의 비명(碑銘)》

인간의 역사는 숙명적인 흥망을 안고 있는 법이지만 그것에 관계없이 소박한 자유 정신은 영원히 그 존재성은 잃지 않는다.

14회 1969년 송상옥(1938~2010), 《열병》

도처에 죄(罪)는 있으나 죄(罪)는 아무데도 없다―어느 취객(醉)의 방가(放歌)에서 살인 혐의로 피체, 기소된 김장성(金長盛)은 38세, 주위에서들 '성실한 공무원'으로 보고 있는 사람이다.

15회 1970년 유현종(1940~), 《유다 행전(行傳)》

어둠 속에 밤이 고여 있었다. 무화과의 넓은 잎사귀가 스렁거리며 움직이는 숲속은 푸르스름한 안개가 자욱히 깔려 있다.

16회 1971년 박순녀(1928~), 《어떤 파리(巴里)》

낮의 소음이 점점 가시는 고층빌딩의 사무실 안에서 우리는 좀체 일어서려 하지 않았다. 우리의 대화는 바야흐로 장소와 시간을 넘어서는 흐름의 중류(中流)에 이르러 있었다.

*17회 1972년 최인호 《처세술개론》《타인의 방》

18회 1973년 송기숙(宋基淑, 1935~), 《백의민족(白衣民族)》

맹수한테 엉덩이라도 물린 돼지새끼처럼 째지는 기적소리를 지르며 기차가 역 구내로 쏠려들었다. 수은등마저 조을조을하던 구내가 일시에 잠이 깬 듯 역원들과 지쳐빠진 승객들이 술렁거렸다.

19회 1974년 이제하(1937~), 《초식(草食)》

세 번째 출마를 위해 부친이 채식(菜食)을 시작하자 미구에, 우리 집은 예의 그 선거 참모들로 또 붐비기 시작하였다. 삼촌, 숙모, 외할머니, 그리고 오촌 당숙들과 그들이 이끌고 온 친척의 친척들이 그 사람들로서 과연 진짜 참모들이라고 할 만했으며, 집 안팎에서 부친의 선거전의 승패에 충정으로 관심을 갖는다거나(어리석게도) 엄정한 의미의 민주주의 같은 것을 곧이곧대로 신봉하고 있는 것도 그들뿐이었던 것이다.

*20회 1975년 김원일 《바라암(波羅庵)》《잠시 눕는 풀》

21회 1976년 김문수(1939~2012), 《성흔(聖痕)》

터미널을 빠져나온 청주행 고속버스는 곧 복닥대는 거리에 휩쓸려 마냥 주춤대고 있었다. 그런 차 속에서 나는 문득 머리 속에다 '오동자도(五童子圖)'를 펼쳐놓곤 근 20년이나 되는 케케묵은 옛날 일을 생각하고 있었다.

22회 1977년 전상국(1940~)

"아부지, 빨랑 도망가래!" 박 상사(朴上士)가 돌아왔다는 것이다. 형기(刑期) 3년을 마치기까지 내내 이를 갈며 지내더란 그 박 상사가 지금 마을 완호네 가게에서 소주를 마시고 있다는 소식을 가지고 올라온 큰놈은 숨이 턱에 차 헉헉거렸다. 《사형》

학급에서 발생한 세 번째 도난 사건으로 말미암아 나는 결국 권 선생 앞에 무릎을 꿇는 꼴이 되어버렸다. 그것 보라는 듯이, 그동안 내 처사를 반갑잖게 여겨 오던 선배 동료들이 세속 풍진에 닦인 그 유들유들한 눈길을 쏘아댐으로 해서 나는 매우 참담한 심정이 되지 않을 수 없었다. 《껍데기 벗기》

23회 1978년 이세기(1940~), 《이별의 방식》

전화를 할까 말까. 나는 연락 없이 이곳에 도착했다. 마중 나온 사람이 있을 리 없다. 낯선 사람, 낯선 사물뿐인 나의 주변. 그렇다고 딱히 낯설 것도 없다.

24회 1979년 김국태(1938~2007), 《우리 교실의 전설》

그 별난 애는 우리 교실에 처음 나타날 때부터 별나게 굴었다. 점심을 먹은 오후 첫 시간이어서 대부분의 애들은 꼿박꼿박 졸고 있었고 코를 책상에 아예 틀어박은 채 공책에다가 침을 겔겔 흘리면서 잠들어 있는 애도 있었다.

25회 1980년 유재용(1936~2009), 《두고 온 사람》 외

단지와 병국이가 처음 우리 집에 온 것은 왜정말, 그러니까 해방되기 바로 전 해 늦은 봄이었다. 그 무렵 우리 집에서는 몇 해 동안 수양딸로 있으면서 부엌일을 도맡아해 오던 갓난이가 시집을 가서 새 수양딸을 구하고 있던 참이었다. 《두고 온 사람》

26회 1981년 김용운(1940~), 《산행》

산과 바다 – 둘 중에서, 나는 어느 편이냐 하면 처음부터 산 쪽이었다. 여러 산들 가운데에서도 설악산(雪嶽山), 그중에서도 외설악(外雪嶽)을 더욱 좋아하지만, 어쨌거나 그 설악산에 홀딱 반해 버린 녀석이었다.

*27회 1982년 조정래 《유형(流刑)의 땅》
*28회 1983년 윤흥길 《완장》

29회 1984년 김용성(1940~2011), 《도둑일기》

아버지를 마지막으로 본 것은 영천 전차종점 형무관학교의 담을 낀 골목길 어귀에서였다. 안개 같은 실비가 엉겨붙던 우중충한 아침녘이었다.

30회 1985년 홍성원(1937~2008), 《마지막 우상》

섬이 가까이 다가든다. 굴곡이 심한 섬의 해안은 대부분이 높고 험한 바위 벼랑으로 되어 있다.

31회 1986년 이동하(1942~), 《폭력요법》 외

육감이 옳았다. 읍내 거리를 벗어나 호젓한 들길로 접어들면서부터 어쩐지 뒤쪽이 좀 찝찝한 느낌이었는데 결국 등 뒤를 돌아본 나는 그 점을 확인한 것이었다. 《폭력요법》

32회 1987년 송영(1940~2016), 《친구》 외

대현동에 있는 그린하우스라는 가게는 한때 매우 자주 출입하던 가게다. 우리말로 하면 초록의 집이란 뜻이겠는데 그야 어떻든 나는 그 조그만 가게의 몇 가지 메뉴들을 지극히 애용했었다. 《친구》

*33회 1988년 한승원 《갯비나리》

34회 1989년 손영목(1945~)
길 양쪽에는 코스모스가 아름답게 피어 있었다. 이런 곳을 코스모스 꽃길이라고 하던
가. 《밀랍인형들의 집》

내가 왜 이 속에 들어앉아 있는 것일까, 하고 그는 생각한다. 커다란 조롱이다. 아니,
조롱이라고 하기에는 좀 뭣하다. 《바다가 부르는 소리》

35회 1990년 현길언(1940~), 《사제(司祭)와 제물(祭物)》
"오늘도 아무 일 없이 저물어갑니다." 무심하게 도시를 내려다보고 서 있는 내 뒤로 그
가 다가왔다. 나는 고개를 돌렸다가 섬뜩한 그의 눈빛에 질려 외면해버렸다.

*36회 1991년 한수산 《타인의 얼굴》
*37회 1992년 이문열 《시인과 도둑》《시인》
*38회 1993년 박완서 《꿈꾸는 인큐베이터》

39회 1994년 윤후명(1946~), 《별을 사랑하는 마음으로》
그날 오후에 나는 자작나무에 관한 시를 읽고 있었다. 오후라고는 해도 아직은 일렀다.

*40회 1995년 신경숙 《깊은 숨을 쉴 때마다》
*41회 1996년 양귀자 《곰 이야기》
*42회 1997년 이순원 《은비령》
*43회 1998년 윤대녕 《빛의 걸음걸이》

44회 1999년 김영하(1968~), 《당신의 나무》

어렸을 적 당신은 떡갈나무에 대한 이야기를 읽었다. 이제는 제목도 생각나지 않고, 책의 장정도 떠오르지 않는, 그저 그렇고 그런 동화책에서였을 것이다.

45회 2000년 김인숙(1963~), 《개교 기념일》

수의 남편이 죽은 것은, 3년 전, 그녀와의 결별을 결정짓기 위해 이혼법정으로 가던 길에서였다. 끔찍한 교통사고였다.

46회 2001년 심상대(1960~), 《미(美)》

나는 산과 바다가 맞닿은 동해안의 한 항구도시에서 유년 시절을 보냈다. 그때만 해도 그 읍내에는 색채를 띤 별다른 구조물이 없었기 때문에 겨울이 되면 도시는 통째 검은색에 가까운 명도 낮고 채도 높은 어두운 빛깔로 삭막하고 음울하기 그지없는 꼴을 했다.

47회 2002년 이혜경(1960~), 《고갯마루》

어머니 제사에 빠지게 되었다는 소식을 전하자 큰오빠의 목소리는 갑자기 후줄근해졌다. 새로 뽑은 승용차의 승차감에 대해 말하던 때의 팽팽함에 구멍이 난 것 같았다.

48회 2003년 조경란(1969~), 《좁은 문》

커다란 물방울 하나가 남자의 이마 위로 떨어졌다. 남자는 그날을 정확하게 기억하지 못했다.

49회 2004년 성석제(1960~), 《내 고운 벗님》

대위가 내려왔다. 정확히는 내려온다는 연락이 왔다. 연락을 받은 중사는, 정확히는 이장천 예비역 중사는 장도룡 예비역 병장의 낚시 가게로 향했다.

50회 2005년 윤성희(1973~), 《유턴지점에 보물지도를 묻다》

분만실 밖에서 아버지는 담배 한 갑을 다 피웠다고 한다. 텔레비전에서는 한 해가 저물어가는 거리 풍경을 보여주었다. 눈발이 흩날리고 있었다.

51회 2006년 정이현(1972~), 《삼풍백화점》

1995년 6월 29일 목요일 오후 5시 55분 서초구 서초동 1675−3번지 삼풍백화점이 무너졌다. 한 층이 무너지는 데 걸린 시간은 1초에 지나지 않았다.

52회 2007년 이승우(1959~), 《전기수(傳奇叟) 이야기》

같은 일이 반복되거나 비슷한 일이 일어나지. 그게 일상이지. 다른 사람이라고 뭐 다를라고. 그 시절, 다섯 개나 되는 생활정보지와 두 개의 무료신문을 샅샅이 뒤지며 동그라미를 치거나 밑줄을 긋거나. 그러다가 전화를 걸어 정보지에 실린 내용이 맞는지를 확인하는 일이 중요한 하루 일과였어.

53회 2008년 김경욱(1971~), 《99%》

단것이 먹고 싶어질 때가 있다. 쓸 만한 아이디어 하나 건지지 못한 채 뜬눈으로 밤을 꼬박 샜을 때. 내가 콘셉트를 잡은 광고기획안 프리젠테이션 결과를 초조하게 기다릴 때. 참을 수 없이 궁금한 것이 생겼을 때 내 머릿속 난쟁이는 악다구니를 써댄다.

54회 2009년 하성란(1967~), 《알파의 시간》

처음 얼마간 구도로와 이웃해 나란히 달리던 신도로는 완만한 호를 그리며 점차 그 간격을 벌리더니 어느 순간 시야에서 사라져 보이지 않았다.

55회 2010년 박성원(1969~), 《얼룩》

여자는 적당히 식은 스펀지 빵을 반으로 잘랐다. 식었다고 생각했지만 빵 속엔 아직까지 온기가 남아 있었다.

*56회 2011년 전경린 《강변마을》

57회 2012년 전성태(1969~), 《낚시하는 소녀》
여자아이가 침대를 딛고 이 층 창밖으로 낚싯대를 드리우고 있다. 푸른 오동나무가 창을 가득 메웠다. 붉은 플라스틱 컵이 창턱에 놓여 있다. 비 끝에 난 햇살이 낚싯대에 날카롭게 앉아 휘었다.

58회 2013년 김숨(1974~), 《그 밤의 경숙》
경숙이 퀵 오토바이를 본 곳은 역신 사거리였다. 그녀는 남편이 운전하는 차 조수석에 타고 있었다.

59회 2014년 황정은(1976~), 《양의 미래》
그 서점은 낡은 아파트 단지에 있었다. 지상으로 두 층밖에 되지 않아 납작하고 밋밋한 케이크처럼 보이는 상가 건물의 지하층을 사용하는 가게였다.

60회 2015년 편혜영(1972~), 《소년이로(少年易老)》
유준의 집은 방이 여럿이었다. 소진은 특별한 때가 아니더라도 자주 그 집에 머물렀다.

61회 2016년 김채원(1945~), 《베를린 필》
들어보고 싶은 연주곡이 있다. 젊은 어느 날 들었던 곡이다. 그 곡을 꼭 다시 들어보고 싶다.

62회 2017년 김금희(1979~), 《체스의 모든 것》
대학의 영미 잡지 읽기 동아리에서 처음 봤을 때 노아 선배는 어딘가 다른 중력에서 사는 듯한 느낌이었다. 외부의 일들에 관심이 없었고 무슨 말을 듣든 반응이 느렸으며 자기 일에만 진지했다.